El río

Contemporánea
Narrativa

ANA MARÍA MATUTE

EL RÍO

AUSTRAL

DESTINO

Ediciones Destino, un sello editorial de Editorial Planeta, S. A.
Avda. Diagonal, 662-664, 08034 Barcelona (España)
www.edestino.es
www.planetadelibros.com

Diseño de la colección: Compañía
Primera edición en Austral: noviembre de 2024

Depósito legal: B. 17.863-2024
ISBN: 978-84-233-6623-1
Composición: Realización Planeta
Impresión y encuadernación: CPI Black Print
Printed in Spain - Impreso en España

Biografía

Ana María Matute (Barcelona, 1925-2014) ha cosechado los premios literarios más prestigiosos por su obra, entre la que figuran las novelas *Los Abel* (finalista del Premio Nadal 1947), *Fiesta al Noroeste* (Premio Café Gijón 1952), *Pequeño teatro* (Premio Planeta 1954), *Los hijos muertos* (Premio de la Crítica 1958 y Premio Nacional de Literatura 1959), *Primera memoria* (Premio Nadal 1959), *Los soldados lloran de noche* (Premio Fastenrath de la Real Academia Española 1962), *La torre vigía* (1971), *Olvidado Rey Gudú* (1996), *Aranmanoth* (2000) y *Paraíso inhabitado* (2008). También es autora de varios libros de cuentos infantiles y de varios libros de relatos, reunidos en el volumen *La puerta de la luna* (2010). Miembro de la Real Academia Española y de la Hispanic Society of America, en 2007 fue galardonada con el Premio Nacional de las Letras y, en 2010, con el Premio Cervantes.

A mis padres

Índice

Después de once años, he vuelto a Mansilla de la Sierra, el paisaje de mi niñez. El pantano ha cubierto ya el viejo pueblo, y un grupo de casas blancas, demasiado nuevas y como asombradas, resplandecen en el verdor húmedo de otoño.

Después de tanto tiempo, regresar al antiguo paisaje remueve y reaviva las imágenes borrosas, al parecer olvidadas, que saltan ante nosotros con un extraño significado actual, y, a veces, patético. Pero todo está ahogado, viviente y ahogado a un tiempo, bajo esa capa de cristal verde oscuro, que me impide el paso hacia la vertiente de los bosques de Aranguecia, Ombrihuelas, allí donde tanto amé las hayas, los robles. El agua cubre lo que fueron vegas hermosas y dulces, bordeadas de álamos y chopos. Allí enfrente, al otro lado del pantano, están los árboles, las hojas que nos vieron niños, adolescentes. El agua lo cubre todo: el fantasma de la casa, los muros de piedra, el prado, la huerta, la chopera... Cuántos nombres, cuántas carreras de niño, ya mudos.

Cualquier niño hubiera pintado la casa: era cuadrada, simple, con ventanas simétricas y un largo balcón de hierro que cruzaba de lado a lado la fachada. Pero nadie sabrá de ella sin haber sido niño dentro, cerca de sus muros o sus árboles; nadie sabrá de ella sin haber corrido con diez años sobre la hierba de su prado; nadie que no haya caído, rendido y sudoroso, a la sombra de sus grandes nogales. Nadie sabrá de ella si no se ocultó alguna vez entre las varas de la huerta, o en la chopera, si no trepó, a escondidas, a las ramas más altas del cerezo, en busca del fruto aún ácido.

Y el río, ¿cómo ha desaparecido de forma tan extraña? Yo recuerdo el río, limitando el prado, con sus anchas losas cubiertas de liquen y de musgo; los juncos tiernos, las flores blancas, moradas y amarillas, las pequeñas «matas del jabón», las libélulas que al sol se volvían fosforescentes; las oscuras pozas bajo los árboles inclinados, puentes cojos sobre el agua. Sabíamos que el río se desbordaba a veces, en el invierno, y que derribaba trechos del muro de piedras. Pero nunca lo vimos así, rebasado, superado: como huido. Ya sé que ese río vuelve a formarse más abajo. He leído su nombre, lo he oído bajo un puente, ya en el llano, entre las huertas y la tierra fértil de la Rioja. Pero no es nuestro río, no es aquel que nosotros sabíamos. No es el que corría y se llevaba nuestras voces, aquel que nos hurtó, más de una vez, corriente abajo, el pañuelo o la sandalia. No sé adónde fueron su agua verde y oro, su caz umbrío, sus orillas invadidas de menta. Dicen que está ahí, donde el agua se ha ensanchado, tomando un tinte espeso, del color del miedo, e inundándolo todo. Pero no entiendo estas cosas. En el fondo del pantano vivirá aún aquel río. Y, cerrando los ojos, lo veo intacto como un milagro. Un río de oro que corre hacia algún lugar de donde no se vuelve, como la vida.

El pan, bárbaro y apacible

En el campo, entre gentes que viven y mueren de forma larga y quieta; en medio de sus alegrías, tristezas, miserias, y aún, abundancia, pensamos, a veces —como yo junto a ese nuevo cementerio de tapias rojas y tiernos cipreses que aún no rebasan la pared—, en cómo los hombres y mujeres enturbiamos y acortamos la vida. Junto a los muros de ese cementerio, demasiado nuevo en lo insólito de la campiña otoñal, y a la vez contemplando el pan redondo, dorado, crujiente, salido de las manos pueblerinas, me he preguntado si es cierta la vida lejos de esos lugares perdidos; si es cierta la vida y la muerte, lejos de ahí, o, simplemente, si es una de tantas mentiras como nos forjamos, en las que ciegamente nos sumergimos.

Ahí, en el pueblo perdido, con sus docenas de casas blancas, sin cine, sin televisión, sin periódicos, sin eso que en los labios campesinos —no sin cierta ironía— se denomina *las diversiones de la ciu-*

dad, es donde la vida y la muerte saltan ante nuestros ojos vigorosos, poderosamente, en medio de su extraña paz —casi me atrevería a llamarla insensibilidad—, que lo ensancha y acrece todo. Hasta cuando una vida de niño se trunca, adquiere ahí, en ese cementerio de pueblo, con su crucecilla dorada y su nombre leve, borroso, una sensación de cosa cumplida, exacta. Ahí está esa pequeña tumba, sin melancolía. Y ahí está, también encima de la mesa campesina, o en la era, el pan redondo, bárbaro y apacible. Deberíamos vivir de pan, de agua. Nacer y morir, simplemente. Escuchar con recogimiento el ulular del viento que baja al pueblo, ciertas noches de marzo, entre el rocío de la hierba o la sequía; vigilar el cielo como estos hombres que hablan de lobos, de malos inviernos, de la helada o de la prematura lluvia; centrar el trabajo en el suelo, el amor en el prójimo, la inquietud en los hijos. No quiero decir que en el campo no existan la maledicencia, la envidia, el dolor y el odio. Existen estas cosas, pero, sobre todas ellas, se abre el sentido de solidaridad humana, de perdón. Y, sobre todo, algo inapreciable y pocas veces comprendido: el olvido. Basta que un hombre caiga en desgracia —incendio, inundación, malaventura, enfermedad—, para que el pueblo se una y le ayude. Alguien dijo: «un pueblo es un monstruo», porque en el pueblo pequeño la envidia y el odio, la falta ajena, se hacen claros y patentes, como escritos en la frente o en el cielo que a todos cobija. Pero esta cruel realidad asienta los pies sobre la tierra, y la vida es más simple, más verdadera. En torno al pan se reúnen todos los días estos hombres que trabajan juntos, que se aman o se aborrecen juntos, y se dicen: «Bien, esta es la hora de comer el pan: mañana ya hablaremos», o «Después ya veremos».

Así llega la muerte. Y pienso, de nuevo, en ese muchachito que está ahí debajo, en esa tierra recién removida. Pienso en su vida y en su muerte demasiado breve, y que, sin embargo, tiene tan larga significación para mí.

La pequeña vida de Paquito

Una tarde de octubre, radiante de luz, fui a contemplar una tumba sencilla, con su pequeña cruz de hierro. Allí estaba enterrado Paquito.

Recuerdo muy bien el bautizo de Paquito. Yo era aún muy niña, y cierto día de septiembre —parecido a este que me sorprendió junto al cementerio nuevo—, una mujer del pueblo llegó llorando hasta nuestra casa. Mis padres iban a apadrinar a una niña, y esta mujer dijo: «Mi marido no quiere que bauticemos al niño; alguien le envenenó, tiene la cabeza llena de ideas torcidas. Si ustedes quisieran apadrinar a mi niño, al tiempo que a la otra, mi marido no se atrevería a protestar: les tiene a ustedes mucha ley, y, me digo yo, pensará que sería ofenderles». A la tarde, entre la turba de chiquillos descalzos, de hombres y mujeres suntuosamente vestidos de negro, entre rosas de papel rojo y amarillo, almendras rebozadas de una cáscara blanca, azul y rosa, calderilla de cobre, copas de cristal verde pálido y mantelerías a punto de cruz, bautizaron a los dos niños: Paquito y Felisa. Me sorprendió que el padre de Paquito (aquel ser que por sus famosas «ideas torcidas», yo imaginé una especie de Satanás con boina), avanzaba, a la cabeza de todos, el primero de la comitiva. Iba muy elegante, en su traje de los domingos: impoluto su cuello blanco, el botoncillo de nácar brillaba bajo su barbilla como una perla. Parecía contento. «¿No iba a enfadarse?», pregunté a mi padre.

Paquito creció enclenque. Era un niño muy delgado, con cara de calavera. Los demás muchachos abusaban de su debilidad para divertirse: en cierta ocasión vi cómo intentaban enterrarlo bajo un montón de piedras. Pero él no era un niño triste. Tenía ojos redondos y grandes, poco comunes. Siempre vagaba en su rostro una media sonrisa, casi me atrevería a decir que de conmiseración. Apenas hablaba, excepto con mi padre. No era niño afectivo, pero a mi padre le quería. Todos los años, cuando llegábamos al pueblo, venía a verle. Se sentaban uno frente a otro. Mi padre, en una de las arcadas del zaguán; él, en un taburetito. Y hablaban. Lamento ahora no haber escuchado nunca aquellas conversaciones, pero recuerdo bien que a Paquito no le gustaba recibir regalos. Los tomaba con gesto como de resignación, con aquella inquietante sonrisa en los labios, y no daba las gracias. A mi padre le gustaba Paquito, yo lo notaba en sus ojos.

Una vez, mientras bebía en la fuente de la plaza, los muchachos le empujaron, y se clavó el borde del caño en torno al ojo derecho; fue extraño que no quedara tuerto, pero aquella cicatriz rosada, en forma de media circunferencia, quedó para siempre alrededor de su ojo de pájaro. Al año siguiente quedó huérfano, y sus hermanos mayores, muy jóvenes todos, le enviaron a la Beneficencia. Allí, por lo visto, le enseñaron el oficio de zapatero. No lo vimos durante un par de años, y más tarde una vez oí a mi padre preguntar a la hermana mayor:

—¿Qué es de Paquito?

Le mandaba paquetes, y yo suponía en Paquito, al recibirlos, aquel gesto indiferente, levemente molesto.

Cuando tenía trece años, vino al pueblo con permiso, durante los días de la Fiesta; exactamente el 14 de septiembre. Había crecido algo, pero seguía muy delgado. No venía a vernos al resto de la familia, tenía un gusto especial en decir que venía a ver «única y exclusivamente a mi padre». Mi padre bajó la escalera, y aún no había salvado el último escalón, ya Paquito, de pie, como un soldadito, le tendía la mano. Los oí:

—¿Cómo te va, chico?

—Muy bien.

—Dicen que vas a ser zapatero.

—Sí, el año que viene, cuando usted venga, le habré hecho un par de zapatos.

—¿Y te gusta ese oficio?

—Sí. El año que viene le haré un par de zapatos; ya seré oficial.

—Pues estás muy adelantado.

—Ya verá qué par de zapatos le voy a hacer.

Se agachó, y en un papel, con un lápiz aplastado y ancho, le tomó el contorno del pie.

—Hasta el año que viene, Paquito.

—Adiós, ya verá qué zapatos.

Se fue, dando la mano, y rechazó todo obsequio.

Al año siguiente, Paquito no trajo su par de zapatos, ni vino a ver a mi padre.

—¿Y Paquito? —preguntamos a los hermanos.

La hermana mayor torció la cabeza, con una leve pena:

—Ah, perdón, no se lo dijimos: Paquito se murió. Ya saben, nunca fue gran cosa.

El tiempo resurgido, el tiempo nuevo

A mediados de agosto el pantano empezó a descender de nivel, y el declive de las vertientes apareció roído como un hueso. Bajo el agua todo había tomado un tinte de cosa vista a través de un lente ahumado. Las gentes de Mansilla me dijeron:

—Está apareciendo el pueblo otra vez.

Me extrañó su falta de melancolía. Aún no hace mucho vi un hombre que se fue, que no quiso vivir en el pueblo nuevo, y que volvía, desde hacía dos años —el tiempo que lleva sumergido el viejo Mansilla—, para increparlos por haberse quedado y menospreciar las nuevas viviendas. Luego acababa llorando y marchándose. Y las mismas gentes que con indiferencia indicaban la fantasmal aparición del nuevo pueblo, comentaron ante su patética salida del pueblo, ladera arriba, cargados con sus enseres. Fue en Semana Santa, con una insultante primavera en los campos invadidos de la rosa salvaje del escambrujo, de la flor blanca de la endrina, del rojo violento de los arzadús y amapolas; con la ladera de Las Viñas cubierta de violetas, como una espesa y embriagadora alfombra. «El agua fue subiendo, casi sin sentir», decían. Y cuando fueron los tres hombres a sacar al Cristo de la Victoria, el agua les llegaba ya a los tobillos. «¿Pero cómo puede ser?» Me sorprendí. Y volvía el típico laconismo de la tierra: «Dieron poco tiempo para marcharse. Se portaron mal, muy mal».

Por eso, cuando Francisco el pastor dijo: «Ha aparecido el pueblo otra vez», me chocó la indiferencia de su voz.

Fui, con cierto miedo, carretera adelante, a asomarme a lo que fue valle. Más allá del cementerio nuevo, tras la última revuelta, ya se apreciaban montones de tejas, cuidadosamente apiladas, vigas, puertas, contraventanas, clavos cuidadosamente apilados, hierros enmohecidos.

Los hombres y las mujeres del nuevo Mansilla venían con los caballos cargados con despojos de allá abajo, de su tan llorado y amado pueblo sumergido. Era como ver a los buitres devorar una carroña, como ver a alguien despojando un muerto. Allí abajo estaba el cadáver, ciertamente. Apareció entero, con plazuelas y soportales, huertecillas, muros de piedras, y aquellos terribles árboles ahogados, que no hubo tiempo de talar. Aquel era el viejo tiempo de mi infancia, roído, como un esqueleto. Casi nada faltaba, excepto la vida. La plata difuminada de los árboles ahogados contrastaba en el granate de la tierra que nunca olvidaré. La torre de la iglesia seguía en pie, roja —antes fue dorada, al atardecer, cuando los cuervos volaban a su alrededor dando gritos—. Y en lo alto se mantenía, intacto, el nido de la cigüeña: lo único que el agua no llegó a cubrir. Sobre la silenciosa torre, tan digna siempre, el nido semejaba el anacrónico sombrero de una destituida dama que no quisiera perder el último resto de su antiguo esplendor. Sin saber cómo, bajé otra vez al pueblo. Sin querer, casi. Fue inundándome un olor peculiar, mezcla de moho, raíces podridas, humedad, frío. Un olor a muerte, que levantaba náuseas y miedo. En las calles mudas cantaban irritantes, ignorantes, los estúpidos pájaros que en otro tiempo ensordecían desde las moreras. Aún quedaban escudos de piedra en alguna fachada, crecían hongos amarillos y venenosos en las junturas de las piedras de la calle de Fernán González. El tiempo resurgía, pero como encerrado en una urna, tiempo donde no se oían voces, donde todo se volvió opaco, sordo. Ahora, el tiempo era solo un gesto, un ademán; aquella viga saliente, una contraventana de la casa de la abuela, aún batiendo contra el muro.

Contemplé cómo los hombres y las mujeres del nuevo pueblo bajaban a despojar sus propios recuerdos; cómo cargaban con tejas, piedras y vigas sus caballos. Me decían:

—Hemos de hacer nuevos pajares y así nos ahorramos mucho material.

Sin saber cómo, me encontré recogiendo viejos pestillos de hierro, cerraduras, clavos mohosos que me tiñeron las manos de rojo. Por el centro de la plaza, un niño conducía un caballo cargado de tejas. El tiempo nuevo se impone sobre el tiempo viejo, lo sofoca, lo pisa, y sigue. Atrás queda el pueblo resurgido, inútil, triste. Con recuerdos y nidos muertos, y el cementerio cubierto de una capa de cemento. La vida continúa siempre, los años ruedan siempre, los muchachos crecen. El agua crecerá de nuevo este invierno, y se llevará definitivamente el anacrónico sombrero de la vieja dama.

Moro

Moro es un perro negro, grande: quizá sus bisabuelos fueron un terrier y un perro de pastor vulgar, cruzados en mil caminos. Pero Moro, sin raza concreta, sin amo, es hermoso. Tiene los ojos de color de miel y una alegre y despreocupada manera de huir del trabajo, de buscar el afecto, la amistad.

En Mansilla no quieren a Moro. No les sirve para cuidar el ganado, ni para vigilar las casas, ni para cazar.

—Es un vago, un sinvergüenza —dicen.

Moro tomó la costumbre de venir a nuestra casa. Agradecía con sonrisas perrunas, ladridos, saltos, cuanto se le daba, y era el amigo entrañable de mi hijo. Juntos iban a bañarse al río, juntos iban de excursión y partían la merienda. Más de una vez los sorprendí hablando.

Pero los muchachos del pueblo no quieren a Moro. En varias ocasiones llegó a nuestra puerta herido por pedradas, por palos. Parece ser que la alegría, la despreocupación, el simple gozo de vivir tienen su precio. Una vez, Moro trajo en el morro una herida larga, sangrante, parecida a una cuchillada. Se tendió a nuestra puerta respirando fatigosamente. Mi hijo se sentó a su lado, llorando en silencio, y así estuvieron juntos mucho tiempo. Pero Moro cura de sus heridas siempre. Moro sale siempre intacto de todas las asechanzas, ataques, de toda la inquina y mala voluntad. Intacta también su alegría, su rara confianza en el prójimo y su alegría de vivir. Parece que nada puede herir su —llamémosle— espíritu, por más que ataquen su cuerpo.

—Cuánto os va a echar en falta —nos solían decir en el pueblo.

La primera despedida fue la del niño. A principios de octubre tuvo que volver a la ciudad, al colegio. De madrugada, con los ojos llenos de sueño y lágrimas, se quejaba:

—¡No me he despedido de Moro!

Durante una semana después de la partida del niño, Moro le esperó, fiel, a la puerta, levantando el morro y sus redondos ojos de oro hacia la ventana del muchacho, ladrando largamente. Cuando se convenció de su partida, no pude despegarlo de mi lado.

Moro adora los coches. Apenas viene uno, intenta, y suele conseguir, meterse dentro. Más de una vez, por ese procedimiento, consigue paseos o azotes. A Moro le entusiasma el olor de la gasolina, el ronquido del motor.

El último día, Moro ladró lastimeramente a nuestro alrededor. Los muchachitos del pueblo le amenazaban:

—¡Ahora verás, ahora verás, que se te marchan los defensores!

En la mañana lluviosa Moro temblaba. La tierra estaba húmeda, roja, la hierba de un verde exultante, los árboles granate y oro. El aire se sentía lleno de vida, exaltada y hermosa; de una vida sin márgenes ni rencor, como la vida de Moro. Pero también había miedo: ese miedo raro, sutil, que vaga como polvo de oro por los campos de otoño.

—Sujetad a ese perro —pidió mi hermano.

Los muchachos quisieron retenerlo por las orejas, por el rabo, mientras el coche arrancaba. Sentí una gran pena viendo sus ojos, su boca abierta, oyendo sus gritos.

—«¿Por qué os vais? ¿Por qué me dejáis? ¿No veis lo que me aguarda?»

A veces, la ferocidad y la sangre afloran a los ojos de los niños de forma mucho más viva que a los de los hombres. Moro logró desprenderse de ellos y, tal como mi hermano sabía y temía, corrió detrás del coche. Corría, corría, como un negro diablo de ojos inflamados, carretera adelante. Aún pedimos a unos pastores:

—¡Sujetadlo!

Allí quedaron —fue mi última visión— los muchachitos burlados: con estacas en alto, con piedras, con la boca llena de una extraña rabia, entre gozosa y resentida. Y gritaban:

—¡Ya verás ahora, ya verás!

Pobre Moro, sabía lo que le esperaba, no quería regresar. Inútilmente seguía detrás del coche, en su loca carrera. Escapó de los pastores, atravesó el río, en el recodo de la carretera. Seguía, seguía.

De pronto, sin saber cómo, se perdió su figurilla negra y exaltada, su desesperada figurilla que mendigaba amor. Casi sin saberlo dijimos:

—Ya no viene Moro...

¿Qué habrá sido de Moro? ¿Cuándo volvió? ¿Qué le ocurrió? Lo imagino tendido en la cuneta, extenuado: respirando con fatiga, como aquella vez en que mi hijo, llorando calladamente, estuvo tanto rato a su lado. Le imagino levantándose, otra vez, como entonces: con un brillo imborrable en sus ojos de muchacho inocente. Reponiéndose, como siempre, de las heridas, de los malos recuerdos. Recobrándose de la vida, en suma, para seguir viviendo.

La barca de Valentín

Casi ningún habitante de Mansilla vio el mar. Alguna vez un muchacho, o una mujer, me preguntó, siendo yo todavía niña:

—Y el mar, ¿cómo es?

Vagamente reconstruyo las intrincadas razones que pueden darse del mar a los diez años, y presumo que ninguno de ellos llegó a hacerse una idea clara de él.

Ahora, algo parecido al mar llegó hasta ellos. Es frecuente verlos quietos, contemplando con gesto ensimismado, casi soñador, esa superficie, lisa, de color musgo, que se extiende anchamente a sus ojos: el pantano.

El agua ejerce una gran fascinación sobre estos hombres. Recuerdo muy claramente sus risas, a causa del agua, cuando tocaba regar las huertas. La afición al río, a la pesca. El agua a la que bautizan extrañamente: hay manantiales que llevan nombres de personas que ya nadie recuerda, que tal vez un día los descubrieran o pasaran por sus tierras. Recuerdo una fuente, con pequeña cascada, en los barrancos de La Umbría, que se llama Lorenzo; otra, Pedro Álvarez; otra, Juan el Conciliador... Llaman así a un regato que brilla bajo el sol, al nacimiento de un río; y lo nombran con algo dulce y raro pegado al paladar. Aman al agua y la necesitan, y el agua ha sido su sacrificio, puesto que su pueblo fue elegido para construir el pantano que mejora el regadío de la comarca. Suelen decir:

—Es natural. Muchos se benefician de nuestro sacrificio.

Valentín es un muchacho truncado por ese pantano. Hubiera sido un buen mecánico, de haber podido aprender el oficio. Un buen carpintero y un buen albañil, también, si hubiera aprendido. Pero, como los pájaros, como las jaras, ha crecido al borde de esta amenaza: «un día, vendrá el pantano». Todo tuvo un aire provisional en su vida. Es joven, delgado y moreno, con grandes ojos verdioscuros que brillan en su cara flaca, al hablar de todo lo que hubiera sido, *a ser posible*:

—Ya me arrimaba, ya, a los que sabían; bien me enseñaron todo lo que pudieron.

El hermano pequeño cogió un tiempo más concreto: se fue del nuevo Mansilla, apenas hundido el viejo. Los hermanos mayores se acomodaron a la idea, y se instalaron en una de las recientes casas del pueblo. Solo Valentín, como el menor de los «Once Príncipes Cisnes», quedó con un brazo humano y otro convertido en un ala. Su edad osciló entre el temor de lo desconocido, cuando aún no se había tomado decisión para los muchachos, y entre la resolución de última hora. Valentín es demasiado mayor para salir de este pueblo, para estudiar, para aprender un oficio; demasiado joven para conformarse. Dice:

—Si hubiera podido...

Alguien le dejó unos libros para seguir unos cursos de perito electricista: «Estudia, prepárate; tú, con lo que sabes, solo te falta teoría. Aprobarás». Valentín abrió los libros lleno de ilusión. Sus ojos se cubrieron de una tristeza vergonzosa, algo irónica:

—Es que no entiendo lo que pone.

Valentín, en el nuevo pueblo, es mecánico, electricista, albañil, carpintero, herrero...

—¿Dónde aprendiste?

—Solo.

El otro día, paseando junto al pantano, vi algo que me asombró, una especie de ataúd, entre la hierba. Pregunté a Valentín, mientras arreglaba mi encendedor:

—¿Has hecho una barca?

Me miró sonriendo, mientras mordía una esquina del pequeño encendedor de aluminio. Porque Valentín lo arregla todo con los dientes, con las uñas, con raras y mágicas sacudidas que yo admiro profundamente.

—Pues, sí, la hice. Y no crea, bien que navega. Claro, contando con que el viento no enfade al pantano... ¡Con tal de no llegar al embudo de la presa!

—¿Pero cómo la hiciste? No tiene quilla.

—¡Bah! ¿Para qué? Me fijé en la barca grande de Lope. La hice a mi modo, y he pescado en ella buenas truchas. Claro que hace un poco de agua... El único que se atrevió a cruzar la charca conmigo fue Quito, el pastor.

Iba sacando agua con una lata. Y de pronto, sus ojos brillaron:

—Sí, cualquier día me voy con él al fondo... Aquí tiene usted su encendedor ¡como nuevo!

Gran animal

Siempre me han gustado los pastores. Desde hace tiempo que conozco su vida, sus costumbres, su modo de ser y de hablar. No todo el mundo sirve para pastor. Hay que tener un extraño y vivo amor a la soledad, y ese sexto sentido que avisa del peligro, del lobo, de la tormenta.

Los pastores suelen ser gente callada y levemente melancólica. No les gusta la vida en común, no se adaptan bien a ella. Recuerdo a uno que pasó su vida entera en las montañas con el ganado. Era un hombre casado, con hijos, con nietos. Yo creo que la vida le sorprendía desagradablemente cada vez que volvía a casa; que sus gentes le parecían extrañas, sus vecinos absolutos desconocidos. Todo era misterioso e intrincado para él, en el pueblo. Ajenos, el hablar de las mujeres, los gritos de los niños, las conversaciones pausadas, entre vaso y vaso, de los hombres; ajenos, su sentido del dinero, su preocupación de hacienda, casa, labranza. Aquel hombre no amaba el dinero; amaba el rebaño, los árboles, el río, las fuentes, la soledad de los bosques en las altas cimas de la sierra. No sabía para qué, pero lo amaba de un modo áspero, confuso, y estoy segura de que hubiera dado su vida por él. Por ello, cuando fue preciso vender la hacienda, por la inminencia del pantano que inundó su pueblo, este hombre se sentó a la puerta de su casa, extraño dentro del traje de los domingos, con la bufanda echada sobre un hombro, como un enfermo. Su trato era desabrido, su cólera, frecuente y relampagueante, injustificada. La mujer le decía:

—¡Pedazo de bruto!

Sus vecinos:

—¡Gran animal!

Este último epíteto le iba mejor. Con su esqueleto de caballo, su boca como un hachazo, sus ojos de águila, Gran Animal dijo:

—Prepárame el zurrón.

Su mujer obedeció, con una leve esperanza que ni ella misma se atrevería a confesarse: era vieja, estaba cansada. Los hijos vivían lejos, habían vendido la tierra y los animales. La muerte andaba rondando, escaleras arriba y abajo, entre las gallinas que dormitaban, las ratas que huían y el titilar amarillo del candil. Gran Animal se fue a la sierra, y al día siguiente lo encontraron junto al Regato del Amor —raro nombre, y más en aquella ocasión—, tendido de bruces, sin siquiera haber abierto el zurrón. Y dicen —lo oí yo misma— que tenía la boca contra la hierba, como mordiéndola.

Lo enterraron en el cementerio nuevo. Nadie le ha comprado una cruz. Su viuda dice:

—Me tuve que untar los ojos de cebolla para llorarle. Y a ese Gran Animal, ¿para qué le vamos a poner cruz? Cuando yo me muera no habrá más remedio que tenderme a su lado. Pues bueno, si los hijos compran cruz para esta vieja, ya nos la repartiremos.

Ahora, alguna vez, las ovejas saltan la tapia del cementerio y van a pacer entre las tumbas. Sobre la de Gran Animal retumbarán como diminutos tambores las breves pezuñas, roerán los dientes, soplarán cálidamente los rosados belfos de los corderos. Habrá un balido ronco, repetido por otro, y otro. Bajo el suelo, un corazón de tierra, derramado como una simiente, acaso tiemble, acaso duerma, con el sueño pasivo de los árboles, del musgo. Con la sabiduría y el misterio del agua escondida, que salta de pronto entre las rocas y se vierte, limpia y poderosa, a través de la tierra.

El precio de la soledad

Desde muy niña, desde que los vi en el campo por primera vez, sucios y harapientos, con barba enmarañada y ojos brillantes como endrinas, me fascinaron los mendigos. Confieso que en un principio me inspiraron un pánico cerval; un pánico unido a un irresistible deseo de seguirlos, de mirarlos, de escucharlos. En ese saco que arrastran, como una culpa, casi todos los mendigos, creía yo que anidaban los seres más disparatados; desde gatos y perros ahogados, a niños muertos.

Más tarde, aquel vago temor de la infancia se convirtió en recelo. Al decir de las gentes, los mendigos traían enfermedades, eran ladrones, traicioneros, e incluso, en ocasiones, brujos.

Luego, un día, sentí compasión por ellos. Compasión y envidia mezcladas, quizá. Me pregunté: «¿Por qué van de camino?». En general, los mendigos que van de pueblo en pueblo, entre jaras, espinos y senderos, no son hombres demasiado viejos, ni enfermos. Podrían trabajar. Eso dicen los campesinos, indignados: «¿Por qué no trabajan? ¡Hatillo de vagos!». Estos hombres caminan sobre la tierra, sobre su propia vida. Van midiendo sus días por árboles y puentes, sus noches por estrellas. Y esto se paga. Los mendigos son los seres que más cara pagan su pobreza.

No hace mucho, en un pueblo llano, los mozos mantearon a un mendigo, que se estrelló contra el suelo. Apenas hace unos meses, otros muchachos atraparon a un mendigo y le rociaron el cabello con petróleo para prendérselo. Suerte tuvo del cura, que llegó a tiempo de impedirlo. Pero todas estas cosas, con ser crueles y brutales, no me impresionaron tanto como esa circunstancia en que el mendigo se convierte en, por decirlo así, «camarada» de un grupo de hombres jóvenes y bebidos. Entonces el mendigo es arrebatado por ellos y obligado, con voz dura y palabras falsamente amistosas, a seguirlos en sus celebraciones dominicales o nocturnas.

Me acuerdo de aquel mendigo que llegó al pueblo un atardecer de septiembre. Era domingo, y los mozos estaban reunidos en la taberna. El mendigo entró también allí, sacó de las profundidades de su alforja unos céntimos y pidió un vaso de vino. Era un hombre que rondaba los sesenta años, con barba gris y un ojo más alto que otro. Los mozos se miraron, sonrientes. Uno empezó diciendo:

—¿Un vaso, amigo?

El mendigo asintió, alborozado. De aquel vaso se pasó a otro, a otro y a otro. El mendigo empezó a sentirse mal. Pidió:

—Si me dais algo de comer...

—¡Luego vendrá!

Pocas veces he visto tanta alegría en aquellos muchachos, por lo común de aire melancólico y cerrado. Celebraban con risotadas la angustia del mendigo, que intentaba torpemente imitar su alegría. Sus labios temblaron en una falsa sonrisa.

—¡Más vino para el amigo! —gritaban.

Al final el mendigo se tambaleaba, lloriqueaba. Pedía algo de comer mientras ellos engullían ostentosamente aceitunas, pan, atún en aceite. A él le daban vino, solo vino y aguardiente. Recuerdo, con estremecimiento, la voz plañidera del mendigo:

—Dejadme, dejadme...

Toda la noche, de taberna en taberna, empujándole, levantándole del suelo cuando se caía, le obligaron a beber. Toda la noche se oyó, ante los gritos de las mujeres indignadas, que abrían los ventanucos y los rociaban con sospechosos líquidos, aquella súplica:

—Dejadme, dejadme...

Cuando apuntaba el sol escapó. Aún le persiguió el hijo del herrero con un vaso, que le arrojó al fin como una piedra, estrellándolo contra las rocas del camino. Ese es el peor trance de los mendigos. Cuando llega la hora de pagar el precio de la soledad, del murmullo del agua, del piar destemplado de los pájaros en el rojo y oro de la amanecida.

El odio

Por alguna razón misteriosa y ancestral todos los niños del mundo, hasta aquellos que viven en la ciudad y no lo vieron jamás, temen al lobo. Solo al pronunciar la palabra *lobo*, los niños se estremecen. Aun antes de oír hablar de él y de sus fechorías. Así como la zorra y el zorro tienen para ellos un punto cómico, el lobo borra toda sonrisa de sus labios. El raposo es la picaresca, el lobo el drama. Cuando un hombre de las montañas caza un lobo, lo despelleja y cuelga su piel de un palo. De este modo, montado a caballo, recorre la comarca. En todos los pueblos lo reciben con alegría y le obsequian con dinero, vino, gallinas, huevos, miel... Ese hombre regresa a casa —sucede en pleno invierno, cuando la vida se hace más difícil—, y si tiene hijos, pasan la noche celebrándolo y tocando algún instrumento. Antiguamente, la zambomba, hoy día la armónica o la guitarra.

La historia de lobos que más me gustó fue la que

me contó Lope, este octubre. Lope es un hombre reservado, de palabras medidas. Dijo:

—Había un lobo enorme hace dos inviernos: parecía un toro. Era peor que la peste. Atacó muchas veces a las caballerías y al rebaño.

—¿También se atreven con los caballos?

—Y con las vacas. Les clavan las zarpas en las ancas y, limpiamente, les sacan el intestino; entonces se desangran y ellos pueden hacer el resto, tan ricamente. Pues, digo, varias veces atacó a caballerías. Por dos veces llegué yo a tiempo adonde las yeguas. ¿Saben cómo se defienden?... Se ponen todas en círculo, y dentro de él agrupan a sus potrillos. Lo mismo hacen las vacas con sus chotos. Y a coces, a mordiscos, cubriéndose unas a otras las ancas, se defienden. Ese lobo que te digo sabía más que Satanás. Por dos veces llegué a tiempo de espantarle. Pero me hacía cara. Desde lejos me enseñaba los dientes. Le puse veneno en bolas de carne y no «picaba».

—¿Y cómo lo atrapaste?

—Por el odio.

—¿El odio?

—Sí, el odio me llevó. El odio que sentía me condujo, como el olfato, y le pillé. En mis narices, mismamente, atrapó una oveja. De un zarpazo les abren el vientre y sacan los intestinos mejor que un carnicero. Se la llevaba humeante montaña arriba, conque yo le grité: «¡Esta vez no te escaparás, te sigo hasta matarte!». A lo que me doy cuenta de una cosa: que, por primera vez, había «picado». Se había comido antes el veneno, el maldito, y aun así atacó a la oveja y se la llevó. Pensé: «No, con escopeta no voy. Voy con palo para rematarle». ¿Pues crees que podía seguirle? Corría como un alma. Iba por arriba azotando los helechos entre la nieve. Solo me decía una cosa: «Que no se muera, que no se muera antes de atraparle yo, porque lo destrozaré, lo desharé a palos». Yo creo que eso me ayudaba a correr tras él. Soplaba un cierzo que despellejaba, y él, maldito, corría y corría. ¿Tendrán siete vidas, como los gatos? ¿Qué digo siete? ¡Cien vidas tienen! A poco soltó la oveja. Y yo le seguí aún mucho rato, rezando para que no muriese.

—¿Y lo alcanzaste vivo?

Hizo un gesto vago, como de tristeza:

—No, maldito sea. Le pillé ya muerto, echando las tripas por la boca. Pero levanté el palo y lo deshice, lo deshice, lo deshice.

Al decir esto brillaban sus dientes. Y añadió:

—Pero me consolé, porque me dije: «No ha sido el veneno. No ha reventado ni de veneno ni de cansancio: ha reventado del odio que le mandé, del puro odio que yo le tenía».

Los niños y la muerte

Pico la Horca le llaman a una loma situada en un extremo del antiguo pueblo de Mansilla, junto a la milenaria ermita de Santa Catalina.

De niños subíamos muy a menudo a Pico la Horca. Decían que, antiguamente, ahorcaban allí a los condenados. Buscábamos inútilmente huesos, pedazos de cráneo. Cualquier piedra que tuviera una semejanza remota o cercana —a veces, impresionantemente cercana— a una tibia, astrágalo o calavera (aunque semejase la calavera de un enano o gnomo), la guardábamos celosamente, la intercambiábamos, la disputábamos; para luego formar, en un cajón de nuestro pupitre, un desconcertante y heterogéneo cementerio de fantasías.

Los niños no entienden la muerte, pero se dejan bañar por esa niebla de vapor —dulce y agria mezcla— que la rodea. Los niños tienen miedo de los muertos, y, a un tiempo, se sienten atraídos por ellos. Al anochecer, pasan de prisa por el cementerio, y buscan bajo un sol achicharrado, en un rincón del muro de la iglesia, entre dos pivotes, el botín fabuloso y estremecedor de los osarios. Los niños asesinan pájaros, ahorcan perros, aplastan sapos, martirizan saltamontes y murciélagos, por una sola razón: palpar, contemplar, crear la muerte. Eso que les turba y fascina, eso de lo cual quieren huir, tapándose la cabeza con la sábana en las noches de viento, cuando gritan las lechuzas o aúllan los lobos; eso que van a buscar a la noticia de los accidentes: el pobre vagabundo helado en la cuneta, el incendio, el atropello. ¿Quiénes son los primeros en acudir a la desgracia, las bocas medio abiertas, los ojos fijos, pasmados, sino los chiquillos?

Generación tras generación, la víspera de San Andrés, los niños de Mansilla queman todos los años, en lo alto de Pico la Horca, al alcalde de Mansilla. Rebusqué el origen de esta costumbre en viejos libros. Parece ser que un alcalde se negó a pagar los tributos al conde, y reuniéndose con los tres principales, espiaron la llegada de los pecheros. Cuando venían a recaudar los impuestos, los asesinaron. Aquel año fue malo, y los impuestos excesivos. Ellos estaban obligados a ofrecer al conde, «miel, nueces, queso y pastel de trucha». Con todo esto salieron a recibirle, poco después. Pero el conde venía a vengar a sus hombres. No tardó en descubrir a los autores de la fechoría, y les mandó ejecutar. Conducidos a Pico la Horca, el alcalde fue empalado, y los otros tres ahorcados. El cuerpo del alcalde, una vez muerto, fue quemado. Imagino los restos del banquete, mientras ardía el alcalde; el diezmado pastel de truchas, la miel y las nueces. Qué extraño me parece todo, hoy. Y, sin embargo, estos niños no perdonan la fecha.

Vinieron a buscar leña y «trastos viejos para quemar». Como hacen en otros lugares, para celebrar la verbena de San Juan. Les pregunté:

—¿Por qué hacéis esto?

—Es para «La Picota».

—Pero, ¿por qué lo hacéis?

—Quemamos al alcalde.

Me costó arrancarles el motivo. El motivo de su diversión, a todas luces superior al juego de la pelota, a la pesca; incluso a la merienda que ese día les da el Ayuntamiento. Luis, un muchacho de once años, espigado y cetrino, de ojos negros, fue algo más explícito:

—Se pone uno ahí arriba, en el Pico, y mira para todo alrededor, y piensa: esas montañas, esos canchales, los miró el alcalde por última vez, desde aquí. Y me digo, ¿y si fuese yo?

Me extrañó esta reflexión de un niño de once años. Subí con ellos al día siguiente; miré los famosos canchales, el campo aterido, las cumbres suntuosas y adustas, el cielo, como una vela hinchada. En los rojos resplandores, pensé, con un escalofrío: «¿Y si fuese yo?».

Viviremos largamente

Siempre es patético el entierro de un niño. Pero en los pueblos perdidos entre peñas, bosques de robles y hayedos, el entierro de un niño tiene el sabor de un místico rito popular. Casi me atrevería a decir que el entierro de los niños, en esos pueblos, encierra toda una religión, una forma de pensar y sentir distintos, completa y cerrada en sí misma.

La muerte de un niño es algo natural y sorprendente a un tiempo: como el súbito aguacero en pleno sol, que irrumpe sobre el campo del verano, y deja atónitos a los pájaros. Es como el repentino huir de los vencejos en la mañana. Algo que hace levantar la cabeza; que obliga a interrumpir el trabajo, el ocio, el pensamiento.

El niño muerto es visitado con respeto y paz por parientes y amigos. Es esperado a la puerta, en filas, por los chiquillos que ayer, anteayer, hace un año, jugaron con él en el río, bajo los soportales de la plaza. Entonces empieza la larga retahíla de las mujeres. Las mujeres del campo no suelen decir nombres dulces más que a las vacas, cuando les traen terneros, a las yeguas, cuando les traen potrillos, y a los hijos, cuando mueren niños. Dicen:

—Adiós, paloma; adiós, galán; adiós, rosa de Alejandría...

Pero como algo antes oído. Sus madres lo dijeron, sus abuelas lo dijeron. Lo han heredado, o lo han adivinado. Hasta los perros sin raza, perseguidos a pedradas, o los graves y nobles perros de pastor, entienden el rito de estas muertes. Pequeñas, misteriosas y simples, como la salvaje rosa del escalambrujo, que se engaña con el sol y la lluvia del otoño, y brota locamente en la muerte del bosque. La Cruz de los Niños avanza sobre la hierba, a hombros de los muchachos de la escuela. Las mujeres levantan sus manos morenas al cielo:

—Adiós, adiós, galán...

Aquel viejo no lloraba. Estaba quieto junto a la ceniza apagada del hogar, y la removía vanamente con la contera de su bastón. Él tenía las piernas inútiles y permanecía sentado en el escaño, como un desportillado mueble más. Me dijo:

—Ahí tienes. Ese estaba lleno de vida, y se fue. Ese era bueno, porque, ¿qué mal había hecho ese? Hasta las rabias que le dio a su madre, le servían a ella como sanguijuelas de esas que sirven para aplacar la sangre y quitar los malos humores. Ese era bueno, lo saben en el cielo y en la tierra. Así pasa siempre: los que son como él, mueren. Pero nosotros, viviremos largamente.

—¿Por qué?

—Ah, ¿por qué? Porque tenemos que luchar, porque tenemos que sudar, renegar, maldecir: nosotros tenemos la pasión de la tierra, ¿sabes tú? Nosotros tenemos la amargura, la sal, el fuego.

Tenía fama de estar algo chiflado: pero era bonito lo que decía. Casi diría que era hermosa su locura. Y me gustaba escucharle:

—Ellos, los fáciles, se van. Nos quedamos los difíciles: los encallados, los retorcidos. Los que tenemos que arrancar todos los días la vida de las piedras.

Me miró, solemne, con sus ojos de humo. Se oían afuera, en las piedras del entierro, los dulces nombres; el canto de los niños, colina arriba. Sentí olor de hojas encendidas, de árboles, de leños quemados. El entierro ascendía la colina, entre la hierba de octubre, hacia los caballos blancos y los caballos negros que pacían junto al cementerio nuevo. Las mujeres habían adornado al niño muerto con cintas, le habían puesto flores de papel en la boca. El sol lucía en los cristales, redondo y maduro como una fruta. El anciano repitió, con goce y rabia unidos:

—Viviremos largamente.

El mundo era una naranja

Una de las cosas que he perdido totalmente, irremisiblemente —me di cuenta de ello en este regreso al campo, después de once años de ausencia—, es la dorada «hora de la siesta».

Hora de la siesta sin siesta. Nunca me fue posible dormir después de comer. La hora de la siesta está invadida de duendes, de nubecillas movedizas, de una lluvia menuda y seca —lluvia de arena— que hormiguea, detrás de los ojos. Es una hora inquieta, mal encajada. La lectura no se prende del pensamiento, las moscas zumban, el sol es mitad amigo, mitad enemigo. Y, si llueve, el agua tiene una rara llamada que no se logra entender, pero me desazona. Y la niebla, en la siesta, trae el fantasma de la melancolía.

Pero entonces, cuando éramos niños, la hora de la siesta significaba simple, radiantemente, la libertad. Era la hora bendita en que los mayores dormitaban. Acallado el guirigay de la cocina, también las criadas permanecían en un silencio misterioso, como paralizadas en alguna sombra: la de sus habitaciones, en lo alto de la casa, o la del huerto. Era nuestra hora. La hora en que silbaban los muchachos del otro lado del río, rítmica y dulcísimamente, imitando el mirlo, la codorniz, o las alas de la mariposa cantora. Era la hora del sol cruel y desapacible, que irrita a las personas adultas.

Pero los niños no suelen temer al sol. Desnudos, libres, inconscientes, se persiguen bajo el sol como animales del bosque. Nosotros, en el sol de las tres de la tarde, en el zumbido de los mosquitos y cigarras, salíamos pisando ramitas quebradizas, clavándonos en el pie descalzo aquella púa maligna que esperaba escondida entre inocentes tallos. La chopera, con sus troncos como mástiles dorados, las huertas ajenas, y el río, siempre el río, con sus truchas de oro y musgo, todo, aguardaba a la hora de la siesta. Siempre se perdía algo, en la huida: una sandalia, un cinturón. Algo que no se podía volver a buscar, porque faltaba valor para repetir la aventura de bajar calladamente la escalera, evitando los crujidos delatores de la madera. A la hora de la siesta, las bicicletas tenían brillo de agua alegre y saltarina. Los juncos se abatían, porque el perro nos seguía, respirando fatigosamente, con la lengua fuera y los ojos llenos de chispitas de oro. Los muchachos de la aldea, con sus botes que encerraban lagartijas, sapos, renacuajos, saltamontes, endrinas, moras, habas tostadas, grillos y chapas de gaseosa, decían:

—Hay dos truchas así de grandes, en la revuelta de las Dos Cruces...

Los cuerpos mojados, oscuros, brillaban como vasijas de barro barnizado. Los seguíamos, los imitábamos, los admirábamos, los amábamos. La amistad es un gran descubrimiento, a los ocho, a los nueve, a los once años. Braulio, el de los ojos redondos, como bolas de cristal irisado. Andrés, el de los dientes partidos. Nicolasín, el de los mechones de cobre, saltando por encima de las orejas. Francisco, Benito, Félix, Donato. Cuántos nombres, río abajo, detrás de la dorada trucha, hacia el mar lejano:

—¿Cómo es el mar...?

Abríamos los brazos:

—El mar, es...

La risa brusca, los puñetazos, las puyas. Las truchas resbalaban en las manos inexpertas, los pantalones se perdían:

—¡Ay de mí, ay de mí, ay de mí! ¡Ay de mí, madre!

Mi hermano se ponía serio:

—No te apures: yo le hablaré a tu madre...

Y procuraba que no se viera el temblor de sus rodillas, ante la sola idea de hablar con aquella mujer alta, seria, seca como una guadaña: aquella que tiraba piedras con puntería de pastor, y tenía palabras como ortigas.

—¿Cómo es el mundo?

—El mundo es como una naranja...

—¡Ahí va, una naranja, dice...!

Donato sacaba la cabeza, medio ahogado: en la boca, apretada entre los dientes, coleaba ferozmente una trucha. Gritábamos, nos disputábamos. Donato la degollaba: metía sus dedos ásperos, chatos, por las agallas, y apretaba. Los ojos de la trucha eran dos perlas angustiadas, que era preferible no mirar. La chata naricilla, las manos de Donato aparecían salpicadas de gotas rojas. Acababa la hora de la siesta y empezaban los sustos: las sandalias perdidas, los vestidos mojados, las rodillas arañadas.

Ahora, durante la hora de la siesta, los adultos dormitan o leen. Yo, no leo, ni duermo. Casi, ni pienso. Llegan voces a mis oídos, un calor lejano a mi piel, un olor intenso y fresco, en medio del calor: «El mundo es una naranja...».

Los alambradores

Venían por la carretera o por el camino alto, con carro, perros y niños, como los gitanos o los titiriteros. Pero no eran ni lo uno, ni lo otro. Aunque de las dos cosas les quedaba algo: el color negro y centelleante de los ojos, el sentido de pantomima que daban a todos sus gestos, palabras y actos. Eran los alambradores. No entiendo del todo esta profesión: caldereros, componedores de armas, fabricantes de lazos, trampas y trasmallos, paragüeros y herradores de caballos, si a mano viene. Casi todo saben hacerlo los alambradores. Convierten una lata vieja en una bandeja de horno, un amasijo de alambres en un cepo de ratones. Saben cantar, bailar, contar cuentos, tocar algún instrumento. Los hombres tienen aire de jefe de tribu, las mujeres son sumisas y sorprendentemente calladas, los niños, alegres y sucios. Sus perros son como ellos: ladradores, saltarines y algo ladronzuelos.

Los alambradores atraviesan Castilla de parte a

parte. Nunca se sabe del todo de dónde vienen, ni a dónde van. Ellos aseguran tener casa en algún pueblo, en alguna parte confusa y embrollada, que describen con grandes pormenores. Los alambradores no gustan de ser confundidos con gitanos. Es más, hablan de ellos con un vago tinte de superioridad: «¡Esos gitanos...!».

Si sus niños bailan y piden luego «perrinas», ellos dicen:

—Cosas de chicos...

Y se ofenden si se los llama titiriteros.

Pero lo que más me llama la atención de los alambradores es su deseo de ser olvidados, de no ser reconocidos. Si, alguna vez, alguien les dice, entregándoles una escopeta estropeada, un caldero agujereado: «Ustedes estuvieron por aquí hace dos años...», ellos mueven los ojos, levantan las manos, gesticulan nerviosamente:

—¿Nosotros? ¡Ca! ¡Nosotros, no!

—¡Pero si me acuerdo muy bien! Venían con ese mismo carro, y ese caballo, y el niño mayor...

—¡Que no, que está usté confundío!

No cometen crímenes, ni robos, ni hacen fechoría alguna. Apenas alguna ratería sin importancia, casi siempre por parte de los chiquillos. ¿Por qué su deseo tenaz, obsesivo, de no ser recordados? ¿Es por eso, tal vez, que dejan sus pueblos, sus casas, sus posibles amigos y parientes, y salen a los caminos?

Cuando mueren los alambradores, los entierran de camino, en cualquier pueblo, en cualquier perdido cementerio de las aldeas. Y tampoco dicen su nombre:

—¿Cómo se llamaba?

—Tomás...

Y nada añaden al nombre propio. La viuda, el hijo, callan. Se encogen de hombros, cerriles, obstinados, con una rara negrura en los ojos, por lo común alegres y chispeantes.

Los alambradores arrastran por caminos, carreteras y aldeas un secreto que me gustaría descifrar. Algo que es como el espejuelo de una felicidad no entendida por nosotros; algo como un vasto y suntuoso sentido de la vida, que no alcanzamos los demás. Ser olvidado, no ser reconocido: pasar, simplemente pasar, por el largo camino que no se sabe de dónde viene ni a dónde va. Pasar exprimiendo la luz del día, el calor del fuego, el rumor del viento, el grito de los cuervos, la risa de los niños. Pasar así, sin ayer ni mañana. Pasar y decir: «Olvídenme. No existo. No vine nunca antes. No volveré». Tienen su secreto, como el viento. Su secreto y su sabiduría, antigua y lejana, como el sol.

Los acontecimientos

Para las gentes del campo hay, fundamentalmente, tres grandes ocasiones: el nacimiento, el matrimonio, la muerte. Al lado de estas tres causas de la vida, todo lo demás queda pálido y como sin relieve. Ni siquiera los azares de una mala cosecha, ni la conmoción de la rutina en los días de la fiesta, marcan sus existencias de una forma tan rotunda y sólida como estos tres verdaderos, únicos acontecimientos de la vida de las montañas: bautizo, boda, entierro.

Todo se hace en estas tres ocasiones de un modo solemne y ritual: por encima, diríase, de la alegría y el dolor mismo. Llegan, para estas ocasiones, parientes y amigos de todos los pueblos de la comarca: a caballo, en carro, andando, en camiones. Llegan con sus trajes nuevos, el rostro serio y circunspecto, desde uno o dos días antes, o el mismo día por la mañana.

En ocasión de las bodas, el ajetreo es, naturalmente, mayor y más ruidoso. Y, siempre, en las tres ocasiones, hay mucha gente que alimentar. Por ello estas tres circunstancias aparecen marcadas de sangre.

Nada de lo que ocurre en las montañas pasa desapercibido a quien comparte su existencia. Se participa aun sin desearlo, aun sin ser invitado por los interesados, del dolor, de la alegría y de la muerte de los otros.

Desde la ventana de esta casa nueva, a la que aún no nos hemos acostumbrado, veo el matadero. Las vísperas de la boda, con la ventana abierta, al anochecer, llegaban los ruidos; y el olor de la tierra donde quemaban cosas, subía y entraba, junto con el asombroso —siempre, para mí, parece recién descubierto— olor de la hierba de septiembre. En los alrededores del matadero, los niños gritaban y bebían vino: ellos formaban las hogueras donde ardían las misteriosas cosas que no logré clasificar. En el aire del atardecer, resonaban balidos, balidos horribles: eran balidos de muerte, como gritos humanos. No pude soportarlo, y entonces me dijeron: «Los corderos no gritan cuando los degüellan». Así era, pero en cambio, con un presentimiento animal, profundo y terrible, gritaban al ser conducidos sobre la espalda de un hombre o un muchacho. Y aquel balido, aquel grito desgarrador, tenía un estremecido eco bajo el cielo donde empezaban a marcarse frías estrellas. «Mañana es la boda», gritaban los niños. Bebían ellos y los hombres, y las mujeres —las del pueblo y las que vinieron de otros lugares—, afanadas en la preparación del banquete. Trescientas personas comerían al día siguiente, en torno a los novios; escucharían, emocionados, los versos que para la ocasión prepararon las primas y amigas; beberían, bailarían. Seguirían bailando, comerían otra vez.

Al día siguiente todo habría acabado. Volverían al campo, al pastoreo, a sus tareas duras, con el rostro quieto y serio de siempre. Allí quedaría, en la pared del matadero, en la pared del carnicero —que también degollaba reses en la cuadra de su casa—, aquella mancha enorme, ennegrecida, abrillantada, que me obligó a apoyarme en el muro, con un vahído, cuando la vi. La sangre, la sangre espesa, derramada, salpicada, pavorosa, estaba allí: con su color prendido en las maderas y la piedra; con ese color oscuro y enardecido que pone de pie, desde lo más escondido del corazón, un deseo violento y reprimido; un miedo, una melancolía rara, sin dulzura. La sangre que marca el nacimiento, la vida, la muerte.

Los disfraces

A casi todos los niños les gusta disfrazarse. Todos podemos recordar el tiempo en que con cualquier pedazo de tela roja, cintas, correas, sombreros, nos convertíamos milagrosamente en otro ser fabricado por nuestra imaginación. Era muy fácil adoptar el cuerpo y el alma de cualquier héroe, inventado o aprendido.

También los niños del campo se disfrazaban. Aunque sus disfraces son muy distintos a los de los niños de la ciudad. Los niños del campo se pintan la cara con jugo de moras, se ponen plumas de águila, gallina, o randrajo en los cabellos; y, sobre todo, disfrazan la voz.

Hay algo misterioso, casi mágico, en esto de los disfraces infantiles. Porque es un día determinado: una tarde de otoño, un anochecer cálido de julio, una mañana invernal y lluviosa, cuando de pronto uno de los niños inicia este curioso rito de los disfraces, del fingimiento y del sueño. Un sueño a veces grotesco, áspero, que no se sabe nunca de dónde viene.

Los niños del campo, un día, una tarde determinada, un anochecer, se reúnen y se pintan la cara. Sin saber cómo, ni por qué, se les ve aparecer súbitamente por detrás de la tapia o los espinos, con pasos lentos o corriendo; las caras teñidas de ese rojo granate, como vino, que es el jugo de las moras. Hay en ellos algo sangriento, casi pavoroso. En sus voces forzadas y como venidas de un mundo desconocido —no es voz ni de niños, ni de hombres— se mezclan la inocencia y una ancestral perversidad. Como un viento que trae, de algún lugar oculto del hombre, la crueldad gratuita, el miedo, una rara sed de algo que escapa, apenas entrevisto. Los niños se pintan la cara con jugo de moras, sabiendo que luego las madres los azotarán por ello: porque esa mancha del color del «lunar de nacimiento», no se va con agua ni jabón. Esa mancha del color de las hojas otoñales les quedará en las mejillas, en la frente y en la ropa, durante varios días. Ellos lo saben, y aun así, repiten la hazaña. Niños pintados con jugo de moras, con plumas enredadas en los cabellos, gritan en una jerga extraña, «hacen fuegos» y se fingen un ser desconocido, que no se sabe si temen o adoran. Tal vez así espantan el terror de sus noches pobladas de lechuzas y consejas, donde la muerte tiene un papel importante. Tal vez imitan la alegría mal aprendida de los titiriteros que les fascinan, cuando, medio muertos de sueño, en la plaza del pueblo, les contemplan las noches de «función».

Me he sentido siempre atraída por esta inocente

«saturnal», donde la infancia entra de puntillas en la playa oscura y remota del deseo, del temor, del recuerdo sin memoria. Niños teñidos de rojo, que seccionan lagartijas indefensas, que martirizan murciélagos, apalean perros, decapitan grillos y desmembran mariposas.

Todos hemos vivido ese día de los disfraces, de un modo salvaje, sincero, sin tapujos. Todos seguimos viviendo el día de los disfraces, de un modo solapado, vergonzoso, mal disimulado. Y, como a los niños del campo, nos quedan al día siguiente, al otro y al otro, vestigios de un tinte oscuro en la piel.

Los venenos

Una de las cosas que fascinaron nuestra infancia fue el misterio —medio mágico, medio real— de los venenos. Los venenos nacían al borde del río: entre las flores malvas y amarillas, arteramente disimulados entre la menta, la mata del jabón, la campanilla azul de cáliz transparente. Los venenos acechaban, como misteriosos e invisibles ojos, en el interior de los pétalos, en la savia blanca y cristalina, falazmente dulces. Descalzos, saltando de piedra en piedra sobre el agua, buscábamos y temíamos a los venenos, sentíamos terror y pasión por los venenos:

—Esta es la maraubina del sueño...

—Esta la de la ira...

—Esta la de las llagas...

Cuentos de niñeras, de pastores, se mezclaban a las orillas verdes, bajo la sombra de los chopos y el balanceo de los juncos.

No era verdad la leyenda de los venenos. Si acaso, a lo más que llegarían sería a un fuerte dolor de estómago, a náuseas, a un sueño agitado. Pero el veneno, profundo y hermoso, estaba allí mismo, a nuestro lado, en el aire que respirábamos. El veneno que aún vamos buscando y temiendo, todos los días, sin confesárnoslo abiertamente, a lo largo de la vida.

Conozco, a mi alrededor, quien vive agitado por aquel deseo que entonces nos llenaba. Conozco y comprendo, y compadezco y envidio, al atacado del deseo de los venenos. Como nosotros entonces, va saltando descalzo, de piedra en piedra, prendido de aquel fosforescente mal. Ojos ocultos, miradas agudas, afiladas como agujas, rodean al buscador de venenos. Pobre buscador de venenos, no quiere la muerte, ni el dolor: va persiguiendo solo ese turbio sopor, ese desconocido y amistoso mal que va a llevarle por grutas salpicadas de luciérnagas y fríos minerales. Pobre buscador de venenos, solo huye de una cosa: aborrece la muerte y le va pisando los talones, resbalando en su viscosa sombra. Aferrado a la vida como el crustáceo a la roca, solo desea una cosa: escapar de ella, escapar a toda costa, profunda y dolientemente envenenado.

La riqueza

Muchas veces nos hemos sorprendido del amor que sienten los campesinos por sus animales. Yo misma quedé impresionada en más de una ocasión, ante el revuelo de gritos, suspiros, ayes y lágrimas que trastornan una casa de las montañas cuando muere una vaca, un caballo, un potrillo.

Este amor a los animales, este exagerado apego, me pareció desmesurado y un poco risible. Pero esta primavera ocurrió algo que me ayudó a desvelar la raíz de este sentimiento para nosotros desconocido. Además de vivir la alegría de las mujeres y los niños, que gritan dulces nombres a sus vacas y terneras cuando bajan de las montañas, y de haber contemplado cientos de veces el orgullo de los muchachos cuando conducen el caballo, a pastar, sin riendas, salma ni montura, en las horas libres; esta primavera, sentí de cerca, toqué, el gran amor de las gentes de la tierra. Las vacas pastan libremente en las montañas de La Croz, lejos del pueblo, durante los meses de verano, primavera y otoño. Solamente bajan al pueblo en el invierno, o cuando traen hijos nuevos.

Esta primavera bajaron con sus crías, y quedaron sorprendidas por la inesperada interrupción del pantano. El agua verde, ancha y desconocida, cortaba su camino natural. Ciegamente, buscaron un camino que les llevara de nuevo a su antiguo cobijo.

Las mujeres y los niños notaron la falta en seguida. De la mañana a la noche los oí, llamándolas, con las manos como bocinas alrededor de los labios, lanzando sus voces al otro lado del pantano, hacia los barrancos:

—¡Mi Rubia!

—¡Mi Mohína!

—¡Mi Morita!

Al fin, un niño trajo la noticia: las vacas habían encontrado en el fango el antiguo camino, y bajaron hacia el pueblo viejo y tragado por el agua.

Gritando, niños y mujeres tomaron la carretera hacia el viejo lugar. Era ya de noche, y la luna brillaba, redonda y entera. Allá abajo aparecía el pueblo, aún no del todo inundado. Por entre los esqueletos de las casas, la luna brillaba, inesperada, fingiendo ventanas encendidas o un calor de fuego, ausente y melancólico como un recuerdo. Los niños se descalzaron, y las mujeres, una a una, los imitaron.

La plaza del pueblo, con los postes de sus soportales caídos, aún no estaba anegada. Entre los muros derribados, el rudimentario quiosco de los músicos parecía un extraño púlpito donde el vacío predicaba la ausencia, el silencio y la soledad. A su alrededor, entre el fango, entre los absurdos enseres que en la precipitada marcha de los mansillanos quedaron esparcidos por el suelo, se apiñaban las vacas.

Las mujeres y los niños quedaban separados, por un trecho de agua, de esta plaza que era como una isla misteriosa, con olor a moho, a hierros llenos de orín y a maderas muertas. Levantando los faroles y las linternas, empezaron sus gritos. Los niños intentaban cruzar el agua, saltando sobre los muros derruidos. Las vacas mugían larga y dulcemente, dolientes, tras cada nombre:

—¡Mi Rubia! ¡Mi Mohína! ¡Mi Morita!

Los nuevos terneros, frágiles sobre sus largas patas, miraban asustados con ojos redondos de niño. Una a una, las vacas cruzaron el agua, y, mansas como corderos, atravesaron el pueblo medio ahogado, tras sus amos. Iban todos llorando de alegría, carretera adelante. Cubiertos de barro y de lágrimas, de nombres extraños como estrellas. Llenos de una riqueza antigua y misteriosa, que nosotros no sabemos entender.

El pastor niño

El pastor niño tiene ocho años. Cuando supe que se levantaba a las cinco de la mañana para hacer un camino de muchas leguas, por terrenos de lobos, entre brezos y robles, me pareció imposible. A eso de las doce de la mañana o algo más tarde, volvía. Durante aquel tiempo, iba a reemplazar o ayudar al padre, que, con el ganado, pasaba el día entero.

A veces le veía volver por el camino de la Umbría, despacio, la mano agarrada a la correa del zurrón. El pastor niño es pensativo, más bien callado. Va a la escuela, cuando no tiene cosas más urgentes que hacer. En el otoño, cuando las lluvias son frecuentes, el pastor niño llega mojado, los largos mechones de su pelo negro pegados a la frente. No parece tener frío, ni calor, ni sed, ni hambre. Es una criatura distinta, lejana.

Muchas veces, al oscurecer, íbamos los niños y yo a contar cuentos. Mientras hizo buen tiempo, nos sentábamos bajo el cielo, cuando empezaban las primeras estrellas. Al llegar el frío, dentro de la casa, al calor del fuego. El niño pastor se acercaba suavemente, con sus pisadas sin ruido. Escuchaba los cuentos, pero no *participaba*, por así decirlo, de ellos. Casi siempre le sorprendía una sonrisa leve, medio irónica, medio incrédula.

—¿No te gustan los cuentos?

Se encogía levemente de hombros, y a veces, una risa breve, apagada como un hervor, salía de sus labios. Era lo mismo que si se le preguntaba:

—¿No tienes miedo de ir solo, tan temprano, tan oscuro, por las montañas?

Nunca supe de cierto si le gustaban los cuentos, ni si tenía miedo. Un día le pregunté a la maestra si era un niño estudioso o inteligente.

—¡Falta tanto! —dijo—. No se sabe nunca lo que piensa. Pero, desde luego, interés no siente. No es tonto, pero no siente interés por nada.

Más de una vez tuve curiosidad por conocer qué mundo habitaba dentro de aquella cabeza pequeña, morena; dentro de aquellos grandes ojos negros. El corazón de un niño es siempre misterioso: pero ninguno como el del niño pastor. El niño pastor no tiene interés por los juegos, por los cuentos, por los estudios. No pregunta, como los demás niños del pueblo:

—¿Cómo es la playa? ¿Cómo es un negro? ¿Negro hasta lo blanco de los ojos, y las uñas, y los dientes?

Pero yo sé que el niño pastor podría contarme infinidad de cosas. Porque él se queda a menudo pensativo, mordiéndose el labio inferior de un modo peculiar, las manos en los bolsillos, la mirada perdida. A veces levanta la cabeza y escucha algo. Algo que es el viento, el rumor de las hojas, o un eco de voces que solo él entiende. Un eco que va y viene, entre los troncos de las hayas, en el río del barranco, en los gritos de esos pájaros sin nombre que vuelan oscuramente sobre su cerrada cabeza de muchacho cuando el cielo empieza a dorarse. Algo como una antigua y misteriosa conversación que hubiera entablado a solas con la naturaleza, y no quisiera ver interrumpido por otras voces, otras palabras que no le interesan ni le descubren, todavía, un mundo mejor.

Diarios atrasados

Siempre me llamó la atención que algunos hombres y mujeres muy viejos del antiguo Mansilla, en vísperas de marcharnos a la ciudad, vinieran a casa y pidieran a mi padre «periódicos atrasados, para el invierno». No entendía bien esta frase, y vagamente imaginaba que los querían para quemar o envolver cosas. Todos los diarios o revistas que mi padre recibió durante las vacaciones se apilaban, pues, cuidadosamente atados, en una de las arcas, y en vísperas de nuestro regreso se repartían a quienes los habían pedido.

Más tarde pude ver que estos periódicos y revistas atrasados eran minuciosa y vorazmente leídos por aquellos que no podían dormir bien durante las frías noches del invierno en la montaña. Eran viejecillos llenos de achaques y años, que trabajaron durante toda su vida como bestias de carga, y, al final de su vida, solo al final, se dedicaban fruiciosa y glotonamente a esta lectura largamente aplazada.

Los imaginé, sentados en el escaño de la cocina, junto al fuego, moviendo siseantemente los labios, y resiguiendo con los ojos aquellas noticias pasadas, olvidadas por los demás. Era como si recuperaran un trozo de su perdida existencia, lejos del mundo, de los años, del vértigo del tiempo; pegados como estuvieron a la suntuosa mudez de la tierra, de donde arrancaron su vida y la de sus hijos. Había algo como un tenaz y afanoso retroceso en aquellas largas y lentas lecturas, en aquel repasar las líneas no del todo entendidas: como un reencuentro tardío y levemente dramático con las cosas que no conocieron, ni conocerían nunca.

El verano pasado, pude ver esto de muy cerca. Un viejo del pueblo, ya impedido, suele sentarse todas las mañanas a la puerta de su casa, en un largo banco de madera, a leer diarios atrasados. Siempre hay alguien que los guarda para él. El anciano los repasa miles de veces, hoja por hoja, anuncio por anuncio. No creo que entienda la mitad de lo que lee, pero él sigue impertérrito, recorriendo letras, como hileras de hormigas en ruta hacia un mundo y un tiempo huidos. Este hombre habla poco, pero las gentes dicen:

—Se ha «callao», el pobre.

Conversé dos o tres veces con él, y no me pareció así. Luego me explicaron:

—Es que dice cosas raras: a las mujeres viejas, con nietos y todo, les pregunta a lo mejor si ya tienen novio. Y cosas parecidas...

Poco después, un día, me preguntó si yo era mi propia madre. Tenía desplegada una revista en las rodillas, y el vientecillo agitaba las hojas entre sus manos, que también temblaban como alas. No supe contestarle. Tampoco aguardaba él la respuesta, y le dejé así, bajo el sol tibio, junto a la blancura de la pared, refugiado en sus noticias pasadas, en sus reencuentros. En su búsqueda tierna y patética de los años en que no tuvo tiempo de leer, ni, acaso, de vivir.

Los espejillos

Los quincalleros recorrían la comarca, llevando del ronzal sus borriquillos increíblemente cargados. A cada lado del cuerpo del animal colgaban grandes cajas, con tapas parecidas a las de los pupitres de los niños, y unas alforjas de vivos colores, adornadas con borlas. Al abrir las unas y las otras, parados en la plaza del pueblo, tras tocar la corneta para anunciarse, surgía de aquellas profundidades un delicioso aroma de canela y pimienta. Ellos vendían chocolate de los Padres de Valvanera, especias, hilos de seda de siete tonos, como el arco iris, piezas de pana negra, marrón y gris; pañuelos, anillos, cintas, peines, jabón de olor, enormes corsés color de rosa, con largos cordones que tenían algo de medieval; tazas de loza, con flores y pájaros; sobres misteriosos que adivinaban el porvenir de las doncellas, hierbas contra el reuma y el mal de la tristeza y, finalmente, aquellos diminutos espejillos de a real, que nunca podré olvidar.

Estos espejillos solo salían de cajas o alforjas el día de la Cruz, de la Ascensión, o de los Sagrados Corazones de Jesús y María. Los quincalleros montaban entonces sus tenderetes en los bancos de la plaza, junto al puente, y alineaban los espejillos de forma que el sol les diera; y parecían rodeados de un frío chisporroteo. Eran espejos para tener en la palma de la mano, bordeados de una cenefa que a veces era dorada y a veces ostentaba los colores de la bandera española. Los chiquillos de Mansilla, sin diferencia de edad o sexo, se sentían fascinados por ellos. Todos querían comprar un espejillo, hacerlo brillar al sol, conducir su lucecilla —como una lengua de fuego que lamiera las paredes— desde el muro del Ayuntamiento hasta los ojos de las mujeres que salían de la iglesia. Nosotros vaciábamos la hucha, buscábamos los realines de plata, menudos y nuevos, que parecían recién hechos. Comprábamos el espejillo y lo llevábamos lejos, como quien escapa con un rayo de sol bajo el brazo. Aquella ilusión del espejo era compartida por todos. Recuerdo que me lo llevaba al cañaveral, que lo acercaba a mí, para verme un ojo color avellana, un trocito de nariz, los dientes, el paladar y la lengua. También intentaba verme las orejas, pero no llegué nunca a conseguirlo. Acercábamos el espejillo a la hierba, y la hierba era distinta: como un bosque. Y los insectos se convertían en monstruos, o animales de épocas remotas. El espejillo no abarcaba el cielo, pero volviéndolo hacia arriba y aproximándolo a los ojos, se sumía uno en una luz espesa y diáfana a un tiempo, como la niebla. Tendidos en las eras abandonadas que se extendían tras las cuadras de nuestra casa (allí donde la maleza y los espinos intentaban sofocar el antiguo esplendor de las losas doradas bajo el sol), el espejillo acercado y alejado alternativamente, bajo el gran cielo, nos remontaba hacia un lugar misterioso y lejano donde nunca pudimos volver. Los árboles boca abajo, las rojas puntas de los escalambrujos, el vuelo pesado de los moscardones, las nubes huidizas, eran distintos, y acaso mejores, en el espejillo del quincallero.

Por eso, quizá, todos los quincalleros tenían cara de brujo cuando sacaban lentamente de sus alforjas los espejos, y los alineaban entre incienso de canela y especias, como estrellas ancianas y sabias, caídas a lo largo de sus tenderetes de fiesta.

Orgullo

Los niños de entonces, aquellos que encontrábamos a la primera vuelta del verano, eran todos los años una revelación, un asombro, un renovado puente que nos conducía al mundo por el que pisábamos tímidamente. Los niños de Mansilla parecían distintos todos los años, pero al final de las vacaciones los recordábamos como algo viejo y sabido, como algo exactamente igual al primer día en que hablamos o jugamos con ellos. Estos niños de ahora, también el primer día me parecieron distintos, y luego me di cuenta de haberlos reencontrado, intactos, ellos mismos.

Aquellos niños de entonces sentían un orgullo grande y silencioso. Siempre he pensado en ese orgullo que no habla, que mira lentamente, con unos ojos que parecen dueños de la tierra. Dito, Eduardo, Donato, todos ellos tenían a veces ese silencio, esa mirada, dura y luminosa a un tiempo, donde se estrellaban nuestras preguntas. El orgullo los arrancaba de la infancia, y los volvía seres distantes, que nunca pudimos alcanzar.

Cierto que ellos nos preguntaban cosas. Cosas que ignoraban, que les llenaban de curiosidad. Cosas que nunca habían visto, y que tal vez no llegarían a ver jamás. Pero no había ansiedad en sus preguntas, ni zozobra. En cambio, ellos estaban en posesión de secretos que nosotros nunca conoceríamos: y lo sabían.

Sus secretos eran vagos, inconcretos, apenas intuidos por nosotros. No hacían alarde de ellos. No sabían, quizá, que los poseían y, sin embargo, estaban orgullosos de ellos. Solo las gentes del campo pueden sentir un orgullo como aquel.

Recuerdo que a menudo, entre ellos, me pregunté: «¿De qué están tan orgullosos ahora?». Porque, de pronto, alguno de ellos dijo una palabra que ni mis hermanos ni nosotros entendíamos, y, de golpe, todos ellos se levantaban, y se ponían las manos sobre los ojos y miraban hacia el horizonte: y allí, lejos, por la ladera de Las Viñas, pasaban dos caballos galopando, brillando al sol de la tarde. Y entre ellos hacían algún comentario breve, o decían los nombres de los caballos, o de algún lugar de las montañas que nosotros no conocíamos. Y nos miraban con aquellos ojos y con aquel silencio. Por un instante no eran niños, y nosotros nos sentíamos lejanos, como de otra raza o de otro mundo.

También ahora, después de tanto tiempo, he vuelto a sentir el roce de ese orgullo, clavado como una honda raíz en esta tierra. Los niños juegan, ríen, se pelean, lloran, trabajan, beben agua, tiran piedras.

Son niños como los de todos los pueblos de la tierra. Pero súbitamente uno de esos niños pasa sobre un caballo blanco, sin montura, hollando la hierba azul oscuro de septiembre. Alza la cabeza, mira, calla. Y nadie puede entrar en ese orgullo: porque es el del silencio de los árboles, del crecer de la hierba, del caer de la noche día tras día, el que lo alimenta.

Aquel fuego

Nos gustaba el fuego. Íbamos a prender hogueras, a cualquier parte. Traíamos leña, la apilábamos, la encendíamos. Habíamos llegado a ser pequeños brujos del fuego: apostábamos por qué hoguera llameaba antes, más alta, más duradera. Amábamos el fuego, lo temíamos y nos arrebataba. No había excursión, ni paseo, ni escapada, que no acabara en fogata donde secábamos la ropa mojada por el río, y tostábamos pan, o asábamos ciruelas.

A menudo los campesinos nos amenazaban:

—Ya veréis como arméis fuegos. ¡Se lo diré a tu abuelo!

En el fuego había peligro, sobre todo durante los meses de julio y agosto. Nos prohibían los fuegos por temor a que no supiéramos apagarlos y provocáramos un incendio. No hacíamos ningún caso y, a veces, me pregunto si este miedo y este peligro no eran entonces un incentivo más.

Al anochecer, las hogueras eran muy hermosas.

Sobre todo en el mes de octubre. Nos reuníamos alrededor de las llamas, manchados de hollín, y nos comíamos los restos de la merienda, abrigados con los primeros jerséis de lana. A veces, la luna se asomaba inesperadamente al cielo, y corríamos a apagar el fuego: bajábamos al río, llenábamos las cantimploras y las vaciábamos en los rescoldos. Ningún trozo de pan ha tenido el sabor ni el crujido de aquel de entonces.

No he vuelto a encontrar aquel fuego. He prendido hogueras para mi hijo, hemos tostado rebanadas de pan en los rescoldos, hemos buscado algún fruto para asarlo lentamente en las cenizas. Pero no he reencontrado aquel fuego. Mirando a mi hijo, nimbado por el resplandor rojizo, me he preguntado si él lo sentía como yo entonces, si lo ama como yo lo amaba. No puedo saberlo.

—¿Te gusta el fuego?

—Sí.

Los niños no suelen ser explícitos. Tampoco lo era yo en aquel tiempo. Mi hijo tira ramas a las brasas aún rojas, puñados de hojas secas, para ver cómo se inflaman de nuevo, efímeras y fascinantes. Pero yo no sé nada de lo que piensa, ni de lo que siente, ni de lo que ve.

Tampoco sabía nadie nada, entonces, de nuestras hogueras.

—¡Pobres de vosotros, como os vea prender fuego, muchachos! —decían los campesinos, agitando la mano en el aire, al vernos correr hacia el linde del bosque. ¿Qué sabían de nuestro fuego? Algo ha cambiado aquí. Algo o todo ha cambiado alrededor. En este nuevo Mansilla, junto al pantano, donde han talado los árboles y el bosque queda lejos, me siento ignorante y dura, tonta y vacía, miedosa y sabihonda, como cualquier persona mayor.

Callar a tiempo

No me despertó nunca el ensordecedor griterío de los mirlos, en el cerezo, bajo las ventanas. Solo despertaba cuando su piar destemplado cesaba brusca y misteriosamente. Entonces me daba cuenta del silencio, lo sentía en mí, y a mi alrededor. En la ventana encendida por el sol reciente, atravesando la tupida enredadera. Nunca como en el silencio, irrumpiendo en medio del grande y húmedo calor del verano, me sentí tan cerca de la vida. Y más de una vez, en el cielo de agosto, donde el sol se levanta rápido y la noche se dora repentinamente, casi sin transición, el tórrido silencio me arrebató del sueño y me obligó a saltar, a buscar la ventana y mirar por entre las oscuras hojas.

Recuerdo el despertar del silencio, en el cálido barro, entre el cañaveral, cuando el zumbido de una abeja, o el vuelo centelleante de las libélulas sobre el agua lo cerraban, como un escalofrío: la rotura del silencio, entonces, nos lo mostraba, nos lo devolvía, regresándonos de su insensible ensueño. Desde entonces, desde aquel tiempo, sé cuánto lo necesitamos. A fuerza de hablar y hablar, de oír y oír, volvemos a él, como a una fuente.

Callar a tiempo, saber el día justo en que lanzar al aire, como cortezas verdes, las huecas palabras que tan útiles nos parecieron. Callar a tiempo y encontrar un camino, una brecha hiriente como un rayo, para regresar un instante a ese mudo estruendo del que partimos. ¿Por qué será tan difícil? Recuerdo los viejos campesinos, apoyados en la tapia, al sol: ellos aguardaban al silencio. Me viene a la memoria, también, un niño, cansado de jugar, al atardecer: cuando se sentó en el quicio de la puerta, ceñudo, la barbilla en el puño, rodeado aún del polvo de sus juegos: lo estaba recordando. Ni los viejos ni el niño lo sabían. Y los árboles, la tierra, eran silencio, únicamente silencio, hermoso y solemne silencio levantado, tendido, como una advertencia.

Los hornos

Cada quince días las mujeres de Mansilla se reunían en los hornos y amasaban. Esto constituía un acto importante, solemne como un rito. Eran designadas cuatro mujeres cada vez, que seguían turno riguroso, durante todo el año. Las muchachas, que empezaban a amasar a los catorce años, lo hacían ya toda la vida, mientras se tuvieran sobre sus piernas. Durante todo el día amasaban y cocían el pan del que se abastecía el pueblo entero.

Era muy bonito verlas, aquel día. Las cuatro mujeres —solían ser, por lo general, dos casi niñas y dos mayores— empezaban su tarea muy temprano. Bajaban las cuatro al río, junto a la Fuente Divina, y se lavaban concienzudamente manos y brazos hasta el codo. Charlaban, muy animadas, y parecía un día de fiesta. Luego, se afanaban en los hornos.

Los hornos estaban a la entrada del pueblo. Eran casuchas de piedra rojiza, muy viejas. El humo y un agradable olor a pan recién hecho los rodeaba.

Los chiquillos acudían a ellos, al salir de la escuela, gritando. El afortunado que aquel día tenía a su madre, abuela o hermana en el horno, era asediado por los demás. Las mujeres hacían muñecos de pan. Unos toscos y raros muñecos, todo cabeza, que más bien parecían renacuajos. Los cubrían de azúcar y los daban a los niños.

Era muy bonito y misterioso entrar en el horno. Mis hermanos y yo seguíamos a los muchachos del pueblo. Dentro, el fuego triunfaba, como un rojo dragón devorador. Las mujeres aparecían cubiertas de harina: los cabellos, las cejas y las pestañas blancas. Hasta las más ásperas y desabridas se mostraban ese día condescendientes con los niños. Modelaban muñecos y tortitas azucaradas, los pinchaban con una larga aguja para que entrara en ellos el dulzor y los entregaban a los muchachos, que se atropellaban en la puerta. Todos salíamos, al fin, nevados de harina y gozosos, con nuestra tortita o muñeco de pan bajo el brazo, a comérnoslo junto al río.

Las cuatro mujeres del horno eran muy mimadas por las demás. Les llevaban comida en una cesta, primorosamente tapada con una servilleta. Todas se esmeraban en ofrecerles lo mejor, y las cuatro panaderas comían apresuradamente, y como sin darle importancia. Me gustaba mucho verlas, oírlas y hablarles. Dentro del horno olía a fuego, a pan tierno; brillaba el agua en las artesas, y las hogazas, redondas y tiernas, se apilaban en las cestas.

En el nuevo pueblo, surgido a las bordes del pantano, ya no hay panaderas. Nadie elige a cuatro mujeres —dos jóvenes para que ayuden, dos veteranas para que enseñen—, ni se fabrican muñecos de pan de azúcar. El pan lo traen de otro pueblo, donde hay un solo panadero, que lo fabrica como en la ciudad. Llega todos los días en su camioneta, y las mujeres salen a comprarlo con la misma desgana con que compran las demás cosas. Porque a los campesinos de Mansilla, ahora privados de sus huertas, no les gusta comprar la comida. Están acostumbrados a arrancarla de la tierra, a recibirla de sus animales. No entienden que se entregue dinero a cambio de las cosas.

Ya no hay hornos. Los antiguos están apagados definitivamente bajo el agua. Ninguna niña de catorce años (como quien atraviesa, con esa nueva sabiduría, el umbral de la infancia) aprende a amasar el pan de todos los días.

Las nueces

Cuando mediaba septiembre aparecían las nueces, con sus dobles cáscaras, verde tierno la una, castaña y dura la otra, entre las ramas del nogal. Era un tiempo ya frío, húmedo, con manchas rojas y doradas. Los troncos de los nogales proyectaban una sombra azul sobre la hierba. Íbamos a ellos con largas varas, y golpeábamos las ramas más bajas, esperando ver caer las nueces, que nos llovían, como un granizo verde, sobre la cabeza y los hombros.

Recuerdo que llevábamos las nueces al muro derruido, junto al río; nos sentábamos sobre él a horcajadas y con grandes piedras las machacábamos. Saltaban las cáscaras tiernas, jugosas, y se nos llenaban las manos de aquel zumo que luego se volvía oscuro, y tardaba mucho en desaparecer. Los dedos manchados con jugo de nueces eran el símbolo de septiembre.

Los niños de la aldea también eran golosos de las nueces. Como nosotros, iban a varear los nogales, pero a escondidas. Todos los niños del campo suelen ir a robar fruta, aunque sean dueños, a su vez, de árboles frutales. Estos pequeños delitos constituían un raro placer que llenaba de alegría y, a la vez, de un miedo pequeño, como un insecto que clavara su aguijón en la espalda.

Confieso que más de una vez fuimos cómplices de estas escapadas a los huertos ajenos, y, especialmente, a los nogales, sin acordarnos de los de nuestra casa.

Seguíamos a los muchachos, arrastrando las varas tras nosotros, con un roce sibilino, contra la hierba. Llegábamos al lugar señalado, y uno de ellos avanzaba, agachado, cauto. Recuerdo las piernas morenas, arañadas y sucias de barro, las rotas alpargatas, cuya memoria me llena de ternura; los fondillos de los pantalones, desgastados, apiezados, a menudo demasiado anchos —antes fueron del padre o del hermano mayor—, de aquellos niños de la aldea. Sabían deslizarse como culebras entre las matas, sobre el césped. Recuerdo la humedad de la hierba, el olor de la tierra mojada. Siempre había agua, agua por todas partes, en septiembre. Un agua luciente y hermosa, en toda la tierra abarrotada de insectos laboriosos y charolados, de caracoles, de pájaros que anunciaban el frío. Los chicos silbaban una especial cadencia, que era la contraseña: «campo libre». Entonces, corríamos, saltábamos la empalizada o el muro, hacia los nogales. Siempre comíamos las nueces con prisa. Buscábamos y hundíamos con una rara fiebre la pulpa tierna, blanca, a través de las dos cortezas.

Quizá por eso, cada vez que he sentido una sensación semejante a aquella —algo prohibido y consentido a la vez, algo como un pequeño resquicio por donde resbala la conciencia con miedo y alegría juntos—, me acuerdo del tierno quebrarse de la nuez verde entre los dientes; de su gusto áspero y dulce a un tiempo; de la hierba mojada y el sol maduro y benigno de septiembre.

El eco

Nuestra casa se levantaba al pie de las montañas, debajo del gran barranco de Sestil. Por la tarde oíamos gritar a los cuervos y a los grajos, veíamos su lento vuelo negro contra las rojas piedras de los canchales. Gritábamos hacia las piedras, y nos asomábamos al pozo para oír el rebote de nuestra propia voz. El eco era como un invisible hermano gemelo, levemente burlón, inquietante. A veces yo soñé con el eco, persiguiéndome, como una giratoria sombra de águila en torno a mis pies. Y me despertaba con sed y miedo.

A la luz del sol, el eco no amedrentaba. También los gritos de los cuervos y de los grajos tenían eco entre las piedras. Daban ganas de subir y mirar tras de rocas y más rocas, para no llegar a encontrarlo nunca. Los balidos de los rebaños y las voces del pastor se repetían allá arriba, en los falsos castillos del Sestil.

Recuerdo que, durante un tiempo, mi sombra tras los talones (que nunca podía atrapar), la idea de poseer un ángel de la guarda y el eco me desazonaban. Era como si no pudiera estar tranquila, como si un ojo misterioso me espiara siempre. A menudo me escapaba de mis hermanos, e iba allí detrás, donde el viejo calero, entre las zarzas altas y enmarañadas, a esconderme de algo que no sabía definir. Me quedaba muy quieta, con los ojos cerrados, y de pronto gritaba, con la esperanza de no oír el eco. Era inútil: allí arriba me devolvían el grito, más largo, más transparente. Otras veces caminaba con mi sombra detrás, haciendo como si no la viera: y súbitamente volvía la cabeza, y corría, y pateaba contra el suelo, como si fuera algo viscoso que no se me pudiera desprender. Solo entrando en la sombra grande (al abrigo del roble, de la pared o de la casa) podía verla. Pero la sabía, la sentía, como un gran agujero bajo los pies. Solo el sol que, por lo general, no solía ser bueno, me la mostraba, me la descubría a pesar de ella. Estas cosas pasaban entonces por mi imaginación, porque solo tenía diez años.

—No me gusta tener ángel de la guarda —me confesé. El sacerdote me regañó un poco, y, un poco también, quiso comprenderme. Dijo que no me podía librar del ángel de la guarda, y que más bien debía gustarme.

—Es tu conciencia —concluyó, al fin, agotado ante mi testarudez.

Pero solo entendí que algo hay en nosotros, dentro o fuera, muy junto o muy lejos, que no nos deja nunca completamente solos.

Los salegares

Las mujeres de Mansilla, al atardecer, a la hora en que bajan los rebaños de la montaña, ponen sal en los bancos de piedra de sus puertas. Las cabras y las ovejas llegan corriendo, como sedientas, y lamen vorazmente esas piedras apretujándose unas a otras, balando de impaciencia.

De niños nos gustaba esparcir sal para los rebaños, y, a veces, pasábamos la lengua por la palma de la mano, donde la sal brillaba como vidrio triturado bajo el sol. La sed de la sal se nos contagió.

También las palomas buscaban la sal, y los pastores cazadores, que conocían sus rutas, formaban los salegares —grandes grupos de piedras junto a los barrancos por cuyo hondo caz bajaba el río— para tentarlas y atraerlas.

Muchas veces subimos a los salegares. Estaban muy lejos del pueblo, montaña arriba, pero éramos grandes andarines. Nos escondíamos, jugando, en los «chozos» de ramaje que los pastores apostaban en torno al salegar, entre los árboles. En las piedras planas, de color rojizo o azul, la sal chispeaba incrustada, como una polvareda de diminutas estrellas. Nosotros pasábamos las palmas de las manos por las piedras, las levantábamos al sol y brillaba aquel polvillo resplandeciente. Una sola vez subí allí con el cazador, de madrugada.

—¿Por qué les gusta la sal? —le pregunté.

—Para ellas es como si fueran caramelos —me contestó—. Primero toman la sal, y luego van a beber al río. Es su costumbre. Nosotros aprovechamos esa debilidad.

Cuando ya brillaba el sol, llegaron las palomas. Era una bandada gris azul y el cielo se llenó de un batido metálico. Junto al cazador, que casi no se atrevía a respirar por entre los ramajes del chozo, vi el cielo como desgarrado. Se oyó un batido de alas, como suspendido sobre nuestras cabezas, y bajaron las palomas. Primero recelosas. Luego, más decididas.

—Hay que saber esperar —dijo el cazador—. No hay que precipitarse: cuantas más se ponen, más se cazan.

El cazador elegía grupos de dos o tres, afanadas sobre las piedras, apretujadas una a otra. Las granizadas de plomo cayeron sobre las más desprevenidas, y el resto huyeron cielo arriba, torpes, sorprendidas. Con aquel batido metálico con que llegaron. Aún pudo el cazador disparar sobre ellas, y alcanzar alguna en la huida.

El perro, que hasta entonces estuvo quieto y conteniendo su jadeo, saltó, ladrando gozosamente. Rozaba con el hocico los cuerpecillos tendidos sobre las piedras y tomó una, delicadamente, entre los dientes. Sobre una piedra había dos palomas, una sobre otra, como dos hermanos asesinados. Las salpicaduras de sangre brillaban cruelmente junto a la sal.

—No me gusta —le dije al cazador—. No me gusta. ¡No volveré más!

Él se echó a reír, mientras azotaba contra el tronco de un roble la cabeza de una paloma, que aún vivía, para rematarla.

Era un hombre bueno. Mis hermanos y yo le queríamos. También la sal era hermosa bajo el sol, blanca y centelleante. Sentí una gran confusión. Nunca más subí a los salegares.

Las ortigas

He olvidado la mayor parte de los nombres de las flores, plantas y frutos del campo. No los nombres que les dan las personas entendidas en ellos, sino aquellos que les decíamos de niños, aprendidos de los otros niños de la aldea.

Entonces, comprendíamos muy bien la vida de todas las plantas. Cada una de ellas poseía una vida leve y profunda a un tiempo, una misteriosa vida que allí, tendidos en el suelo, escondidos entre las zarzas, sentíamos cerca como un aliento, como el oculto resplandor de la tierra. Había plantas inocentes, coléricas, hoscas, amigables, malvadas y venenosas. Todas las conocíamos. La amapola, entre las púas amarillas del campo recién segado, milagrosamente salvada de la hoz, se ofrecía roja y limpia. No se podía coger a la amapola, porque inmediatamente se moría entre los dedos, como una mariposa. Mejor era no tocarla. Las flores del borde del río poseían males ocultos y perversos. Eran hermosas, pero no se podían morder, porque tenían fiebre: una fiebre amarilla, que imaginábamos muy claramente. Y había otra planta que no debía tocar: la ortiga.

Fue la ortiga, junto a los muros derruidos del prado, la que reavivó mi memoria, aunque fugazmente.

Cuando el sol calienta las ortigas, despiden un olor inconfundible, adormecedor. Caminaba tras de mi hijo, distraída, embebida en aquel aroma, cegada por la luz del sol de agosto, cuando oí cómo se quejaba el niño, frotándose la pierna:

—Me han pinchado las ortigas... —dijo.

Contemplé la piel enrojecida, con diminutas, invisibles púas, clavadas malignamente. Y me volvió de súbito el quejido de entonces, las lamentaciones de aquellos niños que fuimos y que tantas cosas sabíamos. Dije:

—Si tocas una ortiga conteniendo la respiración, no te pinchará.

Inmediatamente, el niño se agachó y frotó entre sus dedos la ortiga. Mantuvo la boca apretada, en un leve temblor; como si dentro de ella algún pájaro atrapado quisiera escapar. Le imité, adormecida por su fe, por el sol, por el aroma verde y zumbante que nos rodeaba, y sentí el escozor ácido de las ortigas en las palmas de las manos. Pero el niño se volvía a mí, radiante:

—¡Es verdad! ¡Mira, es verdad!

Contemplé sus dedos morenos, suaves e intactos, y escondí las palmas de mis manos para que no las viera.

Continuamos buscando moras y endrinas. Pero yo sabía, andando tras él, pisando la hierba que él doblaba bajo los pies, que no eran solo nombres de flores lo que había olvidado, lo que perdemos, y nunca podremos regresar.

El cielo

Si la primavera nacía al borde del río, y el otoño en las arcas donde se guardaban las mantas con olor a naftalina, y el ardiente verano en el polvo de la carretera, el cielo, el gran cielo de nuestra infancia, lo descubríamos una tarde de septiembre. Solía ser volviendo a casa, campo a través, a esa hora incierta en que se inicia el chirriar obsesivo de los grillos y las mariposas cantoras; cuando la hierba está húmeda y las flores se cierran en una falsa y diminuta muerte. Íbamos despacio, tintineaba el entrechocar de las cantimploras y los vasos de aluminio, colgados del cinturón, y alguien arrastraba un palo que chocaba a intervalos contra las piedras. Levantábamos la cabeza, y, de improviso, sin saber cómo, el cielo estaba allí, como una inmensa mirada, certísima, absoluta. Empezaba a llegar el frío, emanaba una sutil niebla del río, los árboles se volvían negros. Y el gran cielo de oro, poblado de castillos rojizos, de masas rocosas que huían lentamente, y resplandecían, pesaba, se sentía, como un grande y sobrecogedor aliento encima de la tierra.

—Mirad, una estrella —decía alguno de los niños.

Siempre hay un niño que anuncia, como en la primera noche de la tierra, un astro que reluce igual que un clavo, suspendido allá arriba, frío y tenaz, amigo y desconocido.

También mi hijo lo descubrió, volviendo a casa, anochecido; cuando el silencio empezaba a dominarnos como el anuncio de un cansancio dulce y necesario:

—¡Mirad, el cielo!

Durante ocho, diez, doce años, se vive bajo ese gran lago de vientos, de tormentas, de rutas por donde vagan astros apagados. Se anda y se vive, y se mira, y se ven sus estrellas y su luz, de un modo natural y rutinario. «Esa es la noche.» «Ese es el día», nos decimos. Pero una tarde, volviendo a casa, entre el rumor del viento que azota las hojas de los álamos, levantamos la cabeza y sorprendemos, sin saber cómo, el cielo, la primera estrella, la primera noche.

—¿Por qué un día y otro día y otro día? —preguntan a veces los niños. Yo recuerdo bien aquel vértigo, aquel primer gran miedo del cielo sobre nuestras cabezas, aquel inmenso atractivo del primer abismo.

He vuelto a ver aquellas tardes de septiembre, aquellas nubes distintas, aquella luz como un estallido de silencio. Lo había olvidado, es cierto, lo había olvidado. La mano de mi hijo se apretó a la mía, su mano arañada de niño, manchada de barro y zarzamoras. Sus ojos levantados allá arriba, redondos y asombrados, su voz ligeramente amedrentada:

—¡Mira, el cielo!

Y, juntos, volvimos a descubrirlo.

Los murciélagos

No es fácil sentir piedad a los diez años. Se siente admiración, miedo, estupor, desprecio. Pero la piedad es un sentimiento adulto, un tanto gastado, como el propio corazón. A los diez años se ama locamente cualquier cosa: la hierba, el aire, el amigo, las propias manos. No se apiada uno de nada, ni de uno mismo.

Yo sentí piedad una vez, a los nueve años. Lo recuerdo con tanta claridad, que a veces aún me sacude aquella sensación agria, desapacible y fugaz como un relámpago. No fue una piedad consciente, como la que podemos sentir ahora; pero sé que era afilada, profunda, como una voz que zarandeara las ramas de la conciencia. Porque entonces la conciencia era un árbol tan tierno y verde que cualquier cosa lo podía tronchar.

Detrás de nuestra casa, montañas arriba, se alzaban las cuevas de Sestil. Las rocas altas y rojizas, como castillos o fortalezas gigantes, inspiraban, al atardecer, un respeto parecido al miedo. A nosotros nos gustaba el miedo. A nosotros, y me atrevería a decir que a la mayoría de los niños del mundo. Subíamos lentamente, con la piel erizada por la brisa de la noche que avanzaba, y al llegar a la boca de las cuevas, temblábamos. Porque de las cuevas emanaba humedad de pozo, y ese gran frío que rodea lo desconocido: el miedo, el gran miedo de no se sabe qué.

Allí vivían, colgados en racimos, boca abajo, los murciélagos. Nada odia tanto un niño campesino, lobos aparte, como el murciélago. Para él, desde tiempos inmemoriales, es la imagen de Satanás. Este odio, si bien no comprendido, se nos había contagiado. Quizá solo por espíritu de imitación, por aquel innato «no desentonar» que nos llevaba a hacer las mismas cosas que los muchachos del pueblo. Mis hermanos iban con palos (aquellas largas varas de avellano que ahora, en manos de otros niños, me llenan de una rara nostalgia), y golpeaban el techo de las cuevas.

Sabía que lo hacían, pero un día lo vi. Los muchachos traían un murciélago suspendido del extremo de las alas, abierto como un abanico. Eran un grupo de seis o más, y los seguí, fascinada. Crucificaron al murciélago, y lo torturaron. Con un cigarrillo encendido, le obligaron a fumar, lo quemaban, y le insultaban, con gran odio. Decían:

—¡Toma, maldito Satanás! ¡Maldito Satanás!

Al fin, lo dejaron, y se fueron. Alguien venía, o alguien los llamó. El animal quedó, frente a mí, clavado en el tronco de chopo, con las alas abiertas, vivo aún. Y, súbitamente, desapareció el miedo, la curiosidad malsana, el pequeño odio convencional que me llenaba. Algo se rompió dentro de mí: ideas aceptadas sin saber cómo ni por qué, palabras como carteles, hablando del mal, del bien, de la justicia; de lo que debe o no debe suceder. Y sentí algo oscuro y vivo como un torrente, que me hizo gritar y desclavar al murciélago, venciendo el asco, el miedo y la propia compasión. Lo dejé tendido sobre la hierba húmeda, y me fui a llorar lejos de allí, aunque no supiera exactamente por qué.

Rafael

Rafael era un muchacho rubio, de ojos azules, hijo de unos acomodados labradores del pueblo. Tenía otros hermanos, mayores y menores que él, que vivían y trabajaban en el campo, como la mayoría de los habitantes. Pero Rafael era distinto, y por ello resultaba un estorbo para la familia. En consecuencia, lo mandaron a las montañas, con el rebaño, y muy raramente bajaba al pueblo.

Yo recuerdo muy bien a Rafael, con sus abarcas de neumático, sus zahones de cuero, su pelo rubio-oro al sol, atravesando el Sestil, tras nuestra casa, con su rebaño. Nosotros queríamos a Rafael porque era dulce, amable, y decía cosas muy especiales. A causa de estas cosas especiales que hacía, y decía, le apartaban sus hermanos y sus padres. Pero, por ello mismo, se atraía nuestro afecto. No acabábamos de entender del todo lo que le pasaba a Rafael, cuya vista siempre nos alegraba. Cuando se recortaba su menuda figurilla sobre las rocas del barranco, nosotros salíamos, y, haciendo bocina con las manos, le llamábamos. Entonces él cantaba. Según decían las personas mayores, lo hacía muy mal, y las criadas lloraban de risa oyéndole. Pero a nosotros nos gustaba, e, incluso, a veces, nos conmovía: como cuando oíamos rodar al trueno sobre las montañas.

Rafael quería mucho a mi padre. Únicamente con él tenía confianza, y le comunicaba secretos. A nosotros nos gustaba verle llegar, con su gesto huidizo, y decirnos:

—¿Está vuestro padre? Tengo que hablarle.

Mi padre le escuchaba con paciencia. Rafael tenía una obsesión: casarse. Ninguna chica del pueblo le quería, y él se fabricó novias, a su gusto. Recuerdo que, una vez, se hizo un anillo con papel de estaño.

—¿Ve? —dijo con una sonrisa medio picara, medio inocente.

—Es muy bonito —comentó mi padre. El pedazo de papel de plata brillaba al sol, en el dedo rugoso y oscuro.

Rafael bajó la voz.

—*Pué* que sea *comprao*... *pué* que sea *regalao*... —y guiñaba los ojos con malicia. Luego echó mano de una cartera viejísima, y enseñó las fotografías de sus novias. Eran actrices de cine, recortadas de periódicos y revistas. Todos alabamos su buen gusto, y confieso que nosotros, los niños, creíamos vagamente, pero con mucha satisfacción, en aquellos amores tan hermosos.

Pasaron los años y llegó la guerra. Cuando volvimos a Mansilla, todo había cambiado, menos Rafael. Las gentes eran menos ingenuas, menos ignorantes;

menos corteses, menos desinteresadas. Solo Rafael, ya sin juventud, continuaba como antes. Seguía conduciendo su rebaño, por sobre el Sestil, a través del césped de septiembre. Hablaba menos, quizá, y sus ojos tenían una tristeza que nunca le habíamos conocido.

Un día la cocinera nos dijo:

—A Rafael se le ha metido en la cabeza que todos los niños rubios del pueblo son hijos suyos.

A menudo se le veía espiando a los niños. Dejaba abandonado el rebaño y merodeaba por las esquinas, a la salida de la escuela. Había, en especial, dos niños muy rubios, a los que adoraba. Les llevaba almendras, caramelos; les fabricaba flautas de caña, silbatos. Un día les trajo un mirlo, en una jaula toscamente fabricada por él, y, al día siguiente, nos dijeron:

—¡Pobre Rafael! El padre de Alfredín y Mateo se ha cansado ya de esta historia. Le esperó escondido, le agarró por una oreja, y le molió a palos, con una estaca así de gorda. Luego pateó la jaula, y el mirlo salió volando que era una gloria.

—¿Y qué le ha pasado a Rafael?

—¿Qué le va a pasar? Con las narices sangrando, molido, se sentó junto a la tapia; y lloraba.

El mirlo había huido, y Rafael no encontró nunca su amor. No le volvimos a ver por las montañas.

Cayó enfermo, permanecía encerrado en su casa, y solo los días de la Cruz, cuando pasaba la procesión, se asomaba a la ventana. Su rostro, cenizoso y triste, era como el de un desconocido.

Los hermanos

Cuando yo era muy niña conocí a dos hermanos llamados Efrén y Marcial. Eran primos de otros muchachos de Mansilla, que solían invitarlos por las fiestas. Llegaban en el carro de un hombre que bajaba cada quince días a la ribera, donde los frutos son hermosos y abundantes, para subir cargado de ellos hasta los topes. Efrén y Marcial apenas se llevaban un par de años, y eran igual de altos, con grandes ojos fieros, cabellos negros y brillantes, largas piernas morenas. Sus primos los esperaban con impaciencia, y, mientras permanecían en el pueblo, eran objeto de la admiración, respeto y obediencia de los demás muchachos. Efrén y Marcial estaban llenos de sabiduría, riqueza y orgullo.

—Son muy ricos —decían, con voz helada, los demás muchachos. En efecto, el padre de los dos hermanos poseía, él solo, más ovejas que todos los habitantes de Mansilla juntos, y catorce caballos. Efrén y Marcial, robustos, de piel lustrosa, bien alimentados como dos potros de lujo, resaltaban entre la chiquillería que trabajaba cara a la tierra, desde los ocho años.

Efrén y Marcial poseían un don: sabían tocar la guitarra y cantar a dos voces largas y ululantes canciones que producían (a aquella edad, al menos) algo parecido a una pesarosa excitación.

Efrén y Marcial iban siempre juntos. Parecían gemelos, aunque no lo fueran. Se querían, se defendían, se enorgullecían el uno del otro. Eran uno solo, podría decirse.

Mis hermanos no sentían simpatía por ellos. A menudo se retaban, y sucedíanse secretas peleas, entre los árboles del cercano robledal.

Pero, al atardecer, cuando se reunían con sus primos en los soportales de la plaza; cuando empezaban a lucir los primeros astros en el cielo rosado; cuando bajaban los rebaños a lamer la sal de las piedras, y los cascos de los caballos arrancaban chispas azuladas en las solitarias calles, Marcial y Efrén nos hermanaban. Y digo hermanaban, porque su bien avenida fraternidad parecía comunicarse a cada uno de nosotros, cuando cantaban juntos y se oía su guitarra. Hasta los viejos decían: «¡Qué bonitos hermanos!», aunque poco antes los increparan por insolentes y traviesos.

Marcial y Efrén acudieron a muchas fiestas. Los vimos crecer, como crecíamos nosotros. Iban transformándose, también: Marcial se hizo más grueso, más alto, más insolente. Efrén se quedó como retraído a su lado. De todos modos, iban siempre juntos, como antaño.

Un día supimos que el padre había muerto. A

Marcial le dejó lo mejor de sus tierras, lo mejor de su casa y de su ganado.

—Era el más lagotero —comentaron sus primos—. Se ganó al viejo, y con razón: Efrén es un *amargao*.

No pareció cambiar nada. Vinieron a las fiestas los hermanos, jugaron a la pelota en el frontón, tocaron la guitarra al atardecer, bebieron vino. De madrugada, sus caballos esperaban a la puerta. Salió Efrén, solo, y dijo a los primos que acudían a despedirlos:

—Ahí os queda ese. Cuando despierte, me lo mandáis en el caballo.

Los primos encontraron a Marcial apuñalado, en la misma cama donde durmieron juntos. Cuando apresaron a Efrén, aún no había llegado a la ribera. Dicen que llevaba colgada su guitarra al hombro, y que no dejó de cantar ni de reír en todo lo que duró el camino, mientras le conducían.

—¡Qué pena! —dijeron las mujeres—. ¡Tan bonitos hermanos, tan bonitos que le hacían sentirse a uno bueno, solo de verlos!

Pasé por aquel banco de la plaza al atardecer. Recordé un par de niños, de grandes ojos, que sabían tocar la guitarra, que nos unían raramente oyéndolos. «Acaso —pensé— fueron Caín y Abel así: un par de bonitos hermanos, como estos.» Pero los niños, los hermanos, aunque parezcan gemelos, huyen. Desaparecen, jinetes en el potro del tiempo, devorados por el polvo del tiempo. Allí quedaba solo un eco de guitarra, una risa de niño, una bravata infantil, rebotando en los soportales de la plaza, como un pájaro cegado.

El hombre del chocolate

Yo no le conocí. Existió mucho antes de que yo naciera, cuando mi madre era niña, y los monjes de Valvanera, en su montaña, aún fabricaban el chocolate «a mano». Era un hombre viejo, afable, de barba y ojos azules. Mi madre y sus hermanos oían el cascabeleo de su mulita, cuando llegaba por el sendero nevado. Salían corriendo, tras las criadas, pisando el hielo, saltando alrededor del animal. El hombre que vendía chocolate solo llegaba en invierno, cerca de la Navidad. Entre la nieve, dicen, resaltaba la negrura de Morita, la mula, y el rojo, verde y amarillo de las alforjas.

Cuando se abrían estas, un cálido aroma llenaba el quieto ámbito de la nieve. Las criadas compraban por docenas las tabletas de chocolate, grandes y pesadas como ladrillos, que abastecían a la casa durante todo el año.

El hombre del chocolate transportaba su caliente mercancía cuando el tiempo era más helado, pero él parecía como estimulado, como confortado, por su dulce carga. Todo él emanaba aquel aroma a cacao y canela, y llevaba siempre caramelos y libros de cuentos para los niños que salían a recibirle. Unos cuentos-miniatura, que también olían tórridamente a chocolate. Tenía algo de mago, de Papá Noel, de duende y de santón a un tiempo. De su boca, y del belfo de Morita, salían pequeñas nubes blancas, en el frío aire de la sierra. El hombre del chocolate no tenía familia: ni hermanos, ni hijos, ni mujer. Podría ser abuelo, por la edad, pero tampoco se sabía que tuviera nietos. Era querido por todo el mundo, y le llamaban Chocolate.

Un día, parece ser, en varios pueblos lo echaron en falta. En casa de mi madre, las criadas se quejaron:

—¿Cómo no viene este año el hombre del chocolate? ¡Ya le vamos a gritar cuando aparezca!

Pasó la Navidad, y ni el viejo Chocolate, ni su Morita, aparecieron por la casa. Nevó mucho aquel invierno.

Después del Año Nuevo, un pastor trajo la noticia. El pobre Chocolate había caído con su Morita en un barranco. Quizá le dio un vahído, quizá resbaló por la pendiente. El pastor halló las alforjas y un reguero de paquetes de *Chocolate de los Padres de Valvanera*, que esparcía sobre la blancura helada un aroma de tibio hogar, de niños junto al hogar, que, tal vez, él nunca conoció.

Al fondo del barranco, el pastor encontró al hombre del chocolate, medio devorado por los lobos. En sus bolsillos, manchados de sangre, había un fajo de cuentos-miniatura: *Caperucita roja*, *La princesa durmiente*, *Los once príncipes cisnes...*

Mi madre y sus hermanos le lloraron durante mucho tiempo. En el Real de Valvanera se cantó una solemne misa por su alma, y dicen que acudieron todos los niños de los contornos; como si se tratase del abuelo, mago, duende o maravilla de cada uno de ellos.

La niebla

La lluvia era hermosa, por lo general. También la tempestad, y el viento. Solo la niebla nos sumía en un especial estado de ánimo: no sabíamos si nos gustaba o nos atemorizaba.

Como apenas teníamos que andar unos metros para hundirnos en la espesura del bosque, era fácil que corriéramos a él con frecuencia. No lejos de nuestra casa podía uno sentirse aislado, rodeado de luces y de oscuros agujeros, que lo mismo podían conducir a las entrañas de los robles, que a los dorados caminos de los ríos subterráneos. Aquella era una tierra de agua: ríos, fuentes, manantiales, dulces arroyos, que serpenteaban entre las piedras y la hierba, medio ocultos por los berros y los lirios salvajes, donde brotaban las fresas, con su inconfundible aroma. En el bosque, la niebla avanzaba a ras de tierra, como esas palabras que rastrean entre los hombres, anegándolos.

Raramente la niebla comenzaba antes de la primera quincena de septiembre. Nosotros la presentíamos, como los pastores, y como los hombres viejos. También los niños del pueblo la adivinaban.

—Esta mañana —decía Donato, con su ronca e inolvidable voz—, cuando salía con el caballo, *me adiviné* la niebla.

Efectivamente, la niebla llegaba. Se aproximaba el tiempo de nuestra partida, y había en nosotros una zozobra melancólica que, en la niñez, se traduce en hurañía y deseos de soledad.

Yo huía con frecuencia al bosque; y si llegaba la niebla, solo se adivinaba el manantial por su rumor, extraño, huidizo. Si en aquellos momentos, un hermano u otro muchacho cualquiera se adentraba en el bosque, era mirado como un intruso, casi como un enemigo. Se necesitaba la soledad, o, acaso, se necesitaba la tristeza. La tristeza, que era algo aún tierno, verde, como la corteza de las jóvenes nueces.

—¿Qué vienes a hacer...? —era la pregunta, arisca. El otro, acaso no contestaba, acaso se marchaba, acaso plantaba cara. Con la niebla que parecía brotar del suelo, borrándonos las piernas, nos contemplábamos ceñudos; y, como la niebla, sentíamos bajar hacia nosotros, sibilinamente, rastreramente, la maldad. Y brotaban absurdos, banales, inventados derechos:

—De aquí allá es mío. No te metas en mis terrenos.

—Eso te crees tú. Esto es mío: ya te estás marchando o...

Algunas veces empezaba la pedrea, y se organizaban dos bandos. Una guerra sorda, húmeda, sin gritos. Y era aquella —lo recuerdo bien— la época en que, amparados por la falsa cortina de la niebla, se lanzaban insultos entre amigos, entre hermanos. Palabras demasiado bien aprendidas, palabras que ni entonces, ni ahora, se debían pronunciar.

Cuando se disipaba la niebla, todo volvía a su lugar. Era solo un desahogo, una necesaria e hipócrita cortina, para defendernos de algo que acaso no entenderemos nunca.

El niño dormido

Cuando íbamos a la ciudad, la casa quedaba muda y cerrada, con los cristales de las ventanas protegidos con maderas para que los muchachos no los apedreasen. Una vez cruzado el río, a punto de partir, solía volverme y mirar por última vez a nuestra casa desde la carretera. Y me parecía distinta. Mejor dicho: me parecía descubrir todos sus secretos. No era la casa donde resonaban gritos de niños, vaivén de criadas, alegres voces y ladridos de perros. De pronto, una sombra caía sobre ella, y alguna tristeza, algún rincón que clamaba algo, alguna cosa bella que había permanecido oculta por la exultante vida que la llenó hasta aquel momento, aparecía a mis ojos. Era, quizá, entonces cuando *veía realmente* la casa.

Las casas cerradas o abandonadas son como personas que, dormidas, nos revelan crudamente su auténtica personalidad.

Así, me acuerdo de aquella vez que vimos dormir al «matón» de los chicos. Aquel que vivía en las chabolas, a las afueras del pueblo. Era ladrón de gallinas, apedreador. De su boca oíamos los más feroces insultos. Era el peor de aquellos muchachos que vivían junto al campo de prisioneros. Los niños de la aldea les odiaban, nosotros les temíamos. Cuando los chicos de las chabolas se acercaban a la aldea o a nuestra casa (casi siempre a la hora quieta y brillante de las tres de la tarde, en agosto, con todo el sol sobre la carretera), hasta los perros huían. Los chicos se acercaban, levantando una nube de polvo, hendiendo la descarnada carretera con largas varas. Llegaban, con su extraña y fija sonrisa, con una mueca de barro, seca al sol. Quizá les temíamos tanto porque intuíamos que no tenían nada que perder, que se lo jugaban todo a una palabra, en una piedra lanzada «a dar», en una incursión a las huertas o a los gallineros ajenos. Y cuando aquel, el «matón», llegaba, huíamos despavoridos, cobardemente, sin dignidad alguna; resbalando por el terraplén, para ponernos a salvo, en nuestra casa.

Entonces empezaban sus gritos, sus pedradas desde lo alto de la carretera, sus insultos. Algún cascote nos rozaba, pero nada nos humillaba tanto, ni nos hería, como nuestra propia huida, nuestro invencible pánico.

Pero un día, mientras buscábamos moras y endrinas en los espinos que rodeaban las huertas, vimos al «matón» durmiendo encima de la hierba, junto a la acequia, abrigado por la sombra. A su lado descansaba la cuchilla, desgastada por el filo, y el capazo de rafia, lleno de ramas tiernas, que cortó para los conejos. Le miramos, suspensos: podíamos vengar de una sola vez los insultos, las pedradas, nuestro humillante miedo. Pero allí estaba, de pronto, mostrándonos su realidad. Dormido, revelándonos su triste condición: era un niño dramáticamente solo (las cejas contraídas, la boca con un hilillo de saliva, la mano abierta, desolada, encima de la hierba). Un niño, nada más, solo y dormido, perdido en la gran tierra de los hombres.

El cementerio de los caballos

Alejado del pueblo, en un lugar solitario, más allá del puente de la presa, estaba el cementerio de los caballos. Nosotros llegábamos a veces hasta el borde de aquel lugar, pero no solíamos adentrarnos en él, porque nos entristecía. Desde lo alto del puente, a veces, lo veíamos. Brillaban al sol los grandes huesos mondos, se oían, entre las choperas y los espinos, raros y espaciados gritos de alimañas, y abundaba, por aquella parte, el vuelo negro de los pájaros que no amábamos.

Los caballos nos gustaban. Desde muy niños habíamos aprendido a hablarles, acariciarlos y conducirlos. Los muchachos del pueblo querían entrañablemente a los caballos y se enorgullecían de ellos. Pero los caballos también envejecían, y morían. Esto que, en un principio, nos parecía tan vago, fue tomando cuerpo y sentido de año en año. A veces preguntábamos por un perro, por uno de aquellos randrajos azules que los muchachos del pueblo solían domesticar:

—¿Dónde está?

El chico hacía un gesto vago:

—Al invierno se murió.

O bien:

—Una camioneta lo ha matado.

El hecho de que los animales, aun los más hermosos, morían igual que los hombres, que las mujeres y los niños, fue, aunque parezca extraño, algo que solo muy lentamente podía convertirse en una realidad para nosotros.

Por ello, el cementerio de los caballos, si bien nos detenía al linde de aquel mundo, fue empavoreciéndonos a medida que pasaban los años. Y un día nos aterró de tal modo, que nunca más, hasta que la infancia quedó lejos, volvimos a él. Ninguna muerte trastornó nuestro corazón como la de Alí-Babá, el caballo de Salvador.

Ocurrió un día de agosto, cuando jugábamos cerca del puente, y lo vimos por el camino, entre el polvo brillante del sol. Nosotros habíamos visto corretear a Alí-Babá, negro y reluciente, sobre la hierba de octubre, hacia los pastos, año tras año. Le habíamos montado, le dimos azúcar y le vimos —tantas veces— trillar en la era. Salvador le quería mucho, le pasaba el brazo por el cuello, y decía, en un susurro:

—Alí-Babá...

Nos quedamos mudos, viéndolos avanzar a los dos, uno muy junto al otro, cansinos, hacia el cementerio de los caballos. Fue entonces cuando nos dimos cuenta del tumor de Alí-Babá, de su torpeza, de su vejez irremediable. Algo como un viento frío nos llegó, y los seguimos, callados, hasta que se internaron más allá de los chopos y Salvador mató a Alí-Babá.

Estábamos allí mis hermanos y yo, y un muchacho del pueblo llamado Sebastián, todos quietos y temblando. Oíamos el crujir de las ramas, cuando Salvador volvió, manchado de sangre. Entonces Sebastián cogió una piedra, y, con un grito salvaje, se la lanzó. También nosotros huíamos, azotando las matas con las varas, llenos de rabia y de dolor. Pero Salvador no se enfadó con nosotros, sino que iba despacio, con la cabeza baja, como si hubiera cometido una gran falta y nosotros fuéramos sus jueces.

Y recuerdo que, al llegar al río, todos, hombre y niños, nos detuvimos, nos echamos de bruces en el suelo y lloramos.

Cosas sin nombre

Ignorábamos tantas cosas, que vivíamos en un raro paraíso de nombres inventados, de hechos insólitos y llenos, a nuestro entender, de maravilla. Pájaros, insectos, flores, no tenían más nombres que el que nosotros queríamos darles, y, así, cada uno de nosotros poseía un reino particular y hermoso, formado por cosas tan efímeras y extraordinarias como el bautizo de un árbol, una fuente o una gruta. Solíamos decir: «He visto *tu* fuente», «Mira *tus* pájaros», «Esta es *mi* flor».

Yo tuve especial amor por algunos animales que, al decir de muchos, resultaban repugnantes. Recuerdo a un sapo. Vivía bajo las piedras, cerca de la fuente de las Tres Cruces, y yo le llamaba Samuel Adivino, no logro recordar por qué motivo. Aunque muy vagos e impalpables eran los motivos de aquellos nombres y aquellos seres, plantas o agua. Y, si amábamos a estos, también odiábamos a otros, y entre ellos estaban los lirios salvajes, unas flores moradas, nacidas entre el musgo, a las que los muchachos del pueblo les decían «despacha-pastores», porque nacían cuando se acercaba el tiempo en que los pastores dejaban la montaña y volvían al pueblo. También esto significaba que se terminaban nuestras vacaciones, y, en cuanto aparecían en el musgo las pequeñas cabecitas moradas, las machacábamos rabiosamente con el talón, o las arrancábamos de cuajo.

Un día, alguien mató a Samuel Adivino. Yo le encontré aplastado, seco, y me mantuve mucho rato de pie, a su lado, oyendo correr al río entre los juncos, y mirándole. Repentinamente me quedé con un nombre en el vacío, un nombre con el que ya no sabía qué hacer. Fue un raro sentimiento el que me nació entonces. Recuerdo que me fui de allí despacio; y no era tristeza lo que sentía, sino el hueco de algo que había huido, como un pájaro, o un recuerdo. Sentí tan vivamente ese hueco, que anduve varios días callada o diciéndome, de tarde en tarde, sin comprenderlo bien: «Samuel Adivino».

Muchas veces después, he sentido el hueco de una palabra que, en realidad, no tuvo nombre nunca. Pero entonces, por primera vez, me di cuenta de ciertas voces, o ecos, que nos dejan en el pensamiento un vacío: contra el que no puede ni el recuerdo ni la esperanza.

Los carboneros

Hacia septiembre llegaban las familias de carboneros, por lo alto de la montaña. Casi nunca bajaban al pueblo, excepto las mujeres, o los niños, para comprar algo en la tienda. Vivían en el bosque, y eran gente de piel oscura y cabellos rizados, negros. No hablaban con nadie.

Nosotros temíamos y admirábamos a los carboneros. Ellos se decían cazadores, porque el forestal los perseguía, ya que estaba prohibido lo que hacían en los árboles. Procuraban, pues, huir y alejarse, con su oficio como una lacra; y raramente podían atraparlos.

—Mala plaga —decían los hombres del pueblo—. Destrozan como la guerra.

Hacían grandes desastres en los bosques, fabricando el carbón que luego vendían a los campesinos de otros lugares. Todos tenían escopeta, y cuando el forestal o un guardia civil los sorprendía entre los árboles, como negros duendes, medio confundidos entre los robles, siempre había una buena excusa que dar para sus andanzas. Por lo general eran buenos tiradores. A menudo conseguían bajar al Ayuntamiento una o dos alimañas con un tiro entre los ojos, y decir:

—Vamos matando lobos, zorros, ¿qué mejor cosa se puede hacer?

A los campesinos les emociona la muerte de un lobo, de una zorra o un gato montés. Se sienten dulces y generosos con quien les trae los cuerpos ensangrentados de estos animales, y olvidan en esos momentos, o fingen ignorar, cualquier falta. Dan al cazador nueces, queso, vino, dinero, o cualquier cosa que valga, y le dejan ir tranquilo.

Pero me acuerdo de que una vez la guardia civil atrapó en plena faena delictiva a uno de estos hombres. Era un tipo casi negro, con seis hijos como él, y una mujer sin edad, medio oculta entre sus pañuelos. La guardia civil bajó, montaña abajo, con las manos atadas a la espalda, a él y a sus dos hijos mayores, aunque casi eran unos niños. La mujer y los cuatro pequeños seguían detrás, en silencio, como animales que no abandonan a su dueño.

Al entrar en el pueblo, los chiquillos de la aldea echaron a correr detrás, tirándoles piedras; las mujeres gritaban y los hombres los veían pasar con mirada implacable.

Iban hacia el Ayuntamiento, como cuando aquel hombre u otro como él traía arrastrando por el rabo el cuerpo sangrante de un lobo, atadas las patas traseras con un trozo de soga. También, entonces las mujeres insultaban, los niños gritaban y tiraban piedras.

Pero aquellos cuatro niños pequeños, y la mujer, levantaron de pronto la cabeza y vi sus ojos, fieros y lejanos, duros. Eran los mismos ojos quietos de cristal negro de los zorros, de los gatos monteses, de los lobos y de todas las criaturas que son perseguidas, atrapadas y muertas.

El barro

Teníamos tantas clases de barro que me sería difícil recordarlas todas. Había un barro gelatinoso, repugnante y negro, en ciertas zonas húmedas de la orilla del río, cerca de la chopera. También a la orilla del río existían diminutas playas de arena suave como harina, que mezclándose al agua formaban un barro desmigado —seco, se podría decir—, que no era fácil de amasar entre las manos, que no poseía aglutinante alguno y que impedía moldear figuras. Y había el barro de la tierra llana, pacientemente formado, viaje a viaje, de los cubos de agua del río al prado. No sé de ningún niño que no se sintiera fuertemente atraído por el barro.

Recuerdo que permanecíamos horas y horas bajo el sol, con la nuca y la espalda quemadas, inclinados al suelo en silencio, con las manos en aquel mundo oscuro y pegajoso, que tiraba de nosotros como un pozo lleno de misterio.

En el barro estábamos unidos, sin diferencia alguna, descalzos y manchados todos, los broncos muchachos de la aldea y los descoloridos y prudentes niños de la ciudad. Horas y horas amasábamos figuras, entonces claras y amadas, sugestivas y llenas de vida; ennegrecidos hasta los codos por aquel baño de tierra que se secaba lentamente sobre la piel y la dejaba tirante, como una cicatriz.

Parecíamos hermanados, exactos y amigables, y, sin embargo, de aquella época que ahora me parece raramente próxima y lejana a un tiempo, no recuerdo otra guerra más sorda y cerrada que la del barro. Sentados, echados, o en cuclillas, inclinados sobre la tierra y el agua, despertamos, con violencia e hipócrita fuerza.

Permanecíamos casi siempre callados, y con el rabillo del ojo mirábamos las figuras de los otros. Torpemente, como al descuido, nos copiábamos sin recelo. Alguien, a veces, lanzaba una risa hiriente por la figura de su compañero. Otras, sin saber por qué, una mano se levantaba y aplastaba la figura del vecino. Frecuentemente dos muchachos acababan rodando enlazados, como dos pequeñas furias, sobre el barro de todos. Y todos, entonces, embadurnados, llegábamos a casa con las narices sangrando. El porqué no lo podía comprender, pero así era. Acabé teniendo cierta aprensión al juego del barro, que, sin embargo, tanto me atraía.

En la casa había un chico mayor que nosotros, aunque de corta estatura y algo zambo, que empleaban para llevar y traer los encargos desde el pueblo, quien tuvo, al parecer, una infancia horrible, enfermiza y mísera. La cocinera nos contaba que a los tres años aún no andaba, y que cierto día le creyeron muerto y lo metieron en un ataúd, pero que cuando su madre lloraba desconsolada él se levantó y se la quedó mirando. Este muchacho solía contemplar nuestros juegos con una sonrisa de superioridad y desprecio: al pasar por nuestro lado canturreaba o escupía, y levantaba la cabeza al cielo. Sus brazos eran musculosos como los de un hombre y no hablaba nunca con nosotros, por lo que le teníamos cierto temor.

Cuando mi padre salía de caza, al amanecer, este muchacho, cruzando el río, le traía el caballo. Alguna vez, como en sueños, oía el chapotear de las pezuñas en el agua y las piedras. Una mañana me despertó su andadura. Me levanté y medio dormida fui hacia la ventana. Una luz rosada y gris lucía sobre los chopos. Miré abajo, donde todo estaba empapado de rocío, y vi al chico. Lo vi, y comprendí de golpe el sentimiento que nos dominaba a todos, ese sentimiento que tantas veces nos ha rodeado y aprisionado a lo largo de la vida. Quieto, miraba los montoncitos de barro, ya seco, en que se convirtieran nuestras figuras del día anterior.

Eran unos tristes montoncitos deformes de una tierra sin sentido. Pero él vería en ellos otras figuras, otros hombres: quizá los deseos de todo lo prohibido y lo negado, las figuras de su pequeño mundo, torpe y triste. Se acercó, y levantando su pie ancho, descalzo y calloso, las aplastó con rabia, mascullando maldiciones.

Los árboles

Desde muy niña me atrajeron con fuerza los árboles. Siempre supe sus nombres, pero durante mucho tiempo los llamé de otro modo, solo para mí, que aún recuerdo. Los árboles de un bosque se diferencian claramente entre sí, como los hombres, a poco de pasar un tiempo entre ellos. Algo hay entre los árboles que no existe en parte alguna. Nada es igual a la sombra de los árboles, a su silencio, a su callada vida. Las hayas, los robles, los chopos, los álamos. Y cada uno de ellos tiene una expresión distinta entre sus hermanos de raza. Recuerdo las tardes, las mañanas, el anochecer, con la luz filtrándose entre los troncos. Aquella vida intensa y muda, tendida alrededor, alzada al cielo. Nunca se está enteramente solo entre los árboles. El viento, las ramas mecidas, el brillo de las hojas, los caminos de lluvia, las grietas que recorren las cortezas de los árboles, me fascinan. Recuerdo que apoyaba la cabeza en los troncos y pasaba el tiempo como sumida en aquellas rutas enanas, como perdida en un sueño largo, que aún hoy no he podido desentrañar. Tampoco la lluvia entre los árboles es igual a ninguna lluvia. Y el sol, y los ruidos, y el color de todas las cosas.

El tiempo, que todo lo vuelve ceniza, parece detenerse ante los árboles, y, como el viento, los abraza y se va. Ellos crecen ante nuestros ojos, pero nosotros no nos damos cuenta. Alargan sus ramas al cielo y no envejecen. Acaso, un día, alguien dice: «Ese árbol ha muerto». Y entonces nos damos cuenta, de un modo brusco, total, de que el árbol ha dejado de vivir, de que solo es un altivo cadáver en pie. Se deja arrollar cuerdas, cercenar. Cae sin dolor, levanta un polvo leve, caliente, y desaparece con su gran dignidad inmaculada. Nadie puede humillar a un árbol. Nadie le ha visto nunca agonizar. He amado siempre los árboles y siento su nostalgia. Recuerdo a un árbol alto que se elevaba raramente solitario al principio del camino que iba desde el prado al jardín alto de la casa. Era un chopo de la clase llamada *Carolina*, con el tronco grueso y nudoso y las hojas muy grandes, que plantó un hermano de mi madre cuando era pequeño. En el tiempo en que yo le conocí, me parecía el mástil de un barco gigante y extraño. Muchas veces, de niños, habíamos jugado a barcos debajo de aquel árbol, o nos habíamos tendido bajo sus ramas, cuando volvíamos del río o de cualquier correría, para sosegarnos antes de entrar en casa y que no advirtieran en nuestra expresión fatigada las andanzas. Aquel árbol era para mí algo natural y solemne, inmune y sabiamente instituido. Inmutable como el sol, no sospechaba cuándo había nacido ni jamás pensé que un día podría morir. Sin embargo, una mañana, mi abuelo dijo, señalándolo con el bastón: «Ese árbol está muerto».

Fue para mí como una revelación. De golpe me di cuenta de que había crecido, de que ya no era una niña. De que faltaban seres, objetos, sensaciones e incluso sueños, a mi alrededor. De que ya nadie se tendía junto a aquel tronco para mirar correr a las nubes, entre las hojas anchas, como huyendo hacia un desconocido país. Sentí un dolor hasta entonces desconocido. Un dolor vivo, y, sin embargo, me atrevería a decir que bienhechor.

Mi abuelo mandó derribar el árbol. Presencié la escena subida al muro de piedras que rodeaba la chopera. Golpearon su base con las hachas, le rodearon el cuerpo con una soga. Había algo grande y triste, como de martirio, en todo él. El árbol no perdió ni un momento su apostura, su gran altivez, en su hermosa muerte. Los golpes de las hachas sonaban claros en la mañana. Dolían y hacían bien a un tiempo. «Ojalá —me dije— se hiciera siempre así, conmigo.» Deseé entonces que las malas nuevas, que los acontecimientos amargos, que la muerte, me llegaran de golpe, valientemente, sin anuncios lentos y falsamente caritativos. Si la muerte o el pesar nos llegasen como llegan al árbol nunca envejeceríamos.

La desbandada

Huían los pájaros y se sentía en todo: en el aire y en el eco de nuestras voces. Íbamos y veníamos del barranco, detrás de la casa, y gritábamos nombres, palabras, sílabas sin sentido. Todo nos lo devolvía el eco, menos los pájaros. Recuerdo a Cayo, un viejo aparcero que hablaba poco con nosotros. Solamente un día, siempre imprevisto, solía decirnos:

—Hoy emigran los pájaros.

Y era cierto que brotaban los pájaros de los árboles, de las riberas del río y de los sembrados, y que huían. Los recuerdo gritando, brillando fugazmente, como mechones de fuego, bajo los últimos rayos del sol. Asustaban a veces en su huida, como si algún aire de catástrofe o un mal presentimiento los empujara. Si chillaban, sobrecogía su algarabía; si la huida era en silencio, el batir de sus alas tenía algo mágico, extraño; como un inmenso parpadeo en el aire de la tarde.

Aún a veces sueño con estas cosas. Entonces parece detenerse todo, el tiempo mismo, menos el vuelo de aquellos pájaros que ni en sueños siquiera pudieron regresar. Se marchaban, según decían los campesinos, al palacio del Sol y de la Luna, en busca del calor que ya huía de nuestra tierra o de una misteriosa y lejana felicidad que nosotros no podemos comprender. Cierto era, sin embargo, que en la tierra baja y cotidiana quedaban aún, picoteando aquí y allá, pájaros grises y ateridos, apegados a una seguridad pobre, conocida. Claro está, también, que apenas brotaba la primavera resurgía la algarabía en los aleros, en las ramas de los chopos y de los álamos, en los frutales del huerto. Pero, ¿y aquellos que huyeron? Nunca volvían, nunca volvíamos a verlos.

También la vida escapa sin saber cómo, un día imprevisto, extraño. Vemos a un hombre o una mujer, y de improviso, un instante como aquel señalado por Cayo, cuando menos podemos figurarnos, marca la huida. Como una voz desconocida que dijera: «Hoy».

Huye también la vida como una desbandada, como un súbito batir de alas hacia arriba. No importa la edad. Aquel hombre o aquella mujer siguen hablando, comiendo, mirando hacia las cosas y los seres. Van y vienen a sus negocios, a sus intereses, a sus historias viejas, sus murmuraciones, sus cuentas, su tristeza. Pero la vida ya no está en ellos, la vida ha levantado el vuelo irreal, reprimido, sordo. El hombre o la mujer quedan como clavados en el suelo, solos: como un árbol desnudo al borde del invierno, al filo de la indefinida noche. Ellos pueden ignorarlo, pero no quien los mire y oiga. Acaso sigan buscando

—como nosotros de niños— el eco de sus voces en los barrancos, en los cauces de los ríos, entre las vertientes. La huida definitiva se sabrá irremediablemente. En el aire, en las palabras, en las mismas sílabas sin sentido. Y no cuenta entonces ni la juventud ni la esperanza.

Los morales

Detrás de las eras, en el barranco, junto al río, tras las tapias de los huertos, crecían entre espinas de zarza, cardos y maleza, las moras negras, verdes y rojas, que tanto buscábamos. Las verdes eran incomibles, las rojas ácidas. Las negras —brillantes porque la sombra las protegió— dejaban un vino perfumado y pegajoso en los labios. El sol volvía mates y ásperas las moras maduras, y las sentíamos calientes contra el paladar: tampoco nos gustaban.

Al principio del verano buscábamos las moras de zarza, las endrinas azules y las frambuesas. Luego, poco a poco, a fuerza de llenarnos la boca de ellas, de mancharnos los vestidos y la cara de su jugo granate, las abandonábamos. Y llegaba un tiempo, ya maduro septiembre, de las verdaderas moras, gruesas y jugosas —quizá demasiado—, de los árboles de la rectoría. El árbol de las moras se tendía tentador, como un brazo amigo, fuera de la tapia, hacia la calle oscura. Íbamos en silencio, a la hora en que las fuentes se oyen como el tiempo, y las abejas zumban en una calma de oro. Cierro los ojos y siento de nuevo el aroma de aquellas moras, gruesas como los fresones más grandes, de grano ancho, brillantes, negras o rojo oscuro.

Subirse a un moral, a los diez años, es algo parecido a trepar por el mástil de un buque misterioso, suspendido en el aire como un sueño. Íbamos de rama en rama, cuidando de no hacer ruido, de no caernos, luchando contra la algarabía irritada de los tordos, nuestros enemigos naturales. Los tordos, los mirlos, adoraban como nosotros las moras del árbol. Como nosotros, procuraban ocultarse entre las hojas, picotear el fruto, antes de que el dueño los descubriera y los espantara con piedras, o, acaso, con una granizada de perdigones. Recuerdo a los mirlos de ébano, con el pico amarillo como la cólera, gritando ante nuestra interrupción. Como diciéndonos: «Gritaremos, y ni vosotros ni nosotros aprovecharemos el árbol». Mis hermanos odiaban a los tordos, a los mirlos, y los apedreaban. Yo me sentía invadida de gritos, de una sombra y una luz verde y bamboleante que me obligaba a agarrarme con fuerza a la corteza del moral. Nos descalzábamos, para asirnos con pies y manos al tronco, a las ramas. Nos sangraban las rodillas, los brazos. Robábamos la fruta, y nos llenábamos de aquel zumo que era como otra sangre, la sangre del árbol: generosa, risueña quizá. Pero levemente vengativa.

Desde lo alto de las ramas del moral, el mundo era allá abajo algo vago y ajeno, que nunca sabré explicar. La sensación del hurto, allí en lo alto del moral, era una sensación rara, luego repetida a lo largo de la vida. Digo repetida, porque no somos buenos casi nunca. Y porque muchas veces, mientras no somos buenos, nadamos en esa sensación irreal y bamboleante de lo alto de la rama, en la sombra verde; y mientras nos manchamos, mordemos con fruición el mal, si es dulce, y nos decimos: «Luego se verán las manchas, las manchas de la mora que no se pueden borrar». Pero seguimos allá arriba, sobre el mundo ajeno, donde las fuentes se oyen, donde gritan los irritados pájaros. El zumo de algún mal nos va invadiendo, dulce, generoso, y sin embargo, vengativo.

Cuando bajábamos del moral íbamos callados, despacio, con miedo de volver a casa. No íbamos tristes, quizá. Pero lo parecía mucho.

Cementerios de mariposas

Cuando, a causa del descenso de las aguas, el antiguo pueblo sumergido salió de nuevo a la luz, me acordé de nuestros entierros misteriosos. Aquellos entierros que hacíamos de niños, ya en vísperas de volver a la ciudad. Cada cual su entierro particular y privado, triste y recomido de alegría a un tiempo.

Íbamos con nuestros preciados tesoros a un lugar apartado. Cada uno elegía el suyo, para que no lo viera el hermano ni el amigo, para que nadie pudiera profanarlo. Llevábamos piedras con forma de cráneo, de barco, de moneda azul o rosa. Llevábamos una llave, una herradura, trocitos de lápices de colores, y, una vez —lo recuerdo tan bien—, un tornasolado escarabajo verde y oro, dentro de una caja de cerillas. Entonces buscábamos la tierra blanda, amiga, hundíamos en ella las manos o un pequeño azadón, y lo enterrábamos todo. Recordábamos el lugar: la sombra, el árbol, la piedra o la fuente. «El año que viene volveré», decíamos a nuestro mundo enterrado. El peor escarmiento que podíamos sufrir era que otro descubriera nuestras tumbas, y las escarbara y profanara.

Una vez, me ocurrió. El culpable fue un muchacho al que llamábamos Pinitos. Solía hacer recados en la casa. Debió de seguirme cuando fui hacia el bosque, con mi caja de tesoros y mi pequeña azada. Al año siguiente, fui a mi tumba: y no hallé nada. Había helado, nevado, crecido la hierba como siempre, pero no aparecieron los objetos mohosos, roídos en su palidez de recuerdos manchados por el tiempo. No había nada. Fue inútil que buscara por todas partes, que creyera que me había equivocado, yo, que tenía tan buena memoria para estas cosas como mala para otras.

A la noche, cuando cantaban los grillos y volvíamos a casa para cenar, Pinitos estaba parado junto a la empalizada del prado, con una sonrisa muy peculiar.

—¿Sabes? —me dijo, lacónicamente. Y en aquel «¿sabes?», me dio un golpe el corazón.

—¿Qué?

Me dio su mano llena de verrugas y me condujo al pie de los chopos gemelos. Encendió el farolillo de las tormentas y me enseñó un mundo de muertecitos. Mi tesoro, desenterrado por él, estaba allí, definitivamente muerto.

—Fastídiate —me dijo.

Con el talón acabó de machacarlo todo: como queriendo hundirlo de nuevo en tierra, como queriendo decir: «Mira lo que hago yo con vuestras idioteces. Mira lo que se debe hacer con todo eso».

Desde aquel momento no enterré más cosas. Desde aquella noche cálida, de altas estrellas, se acabaron los cementerios de luciérnagas, mariposas y amapolas desmembradas.

Solo ahora, al ver el pueblo de mi infancia hueco y mohoso, como desenterrado en el gran calor del agosto, con sus árboles de plata ahogada, he vuelto a sentir aquella emoción de entonces. La misma que nos llevaba hasta el árbol amigo, a la piedra con forma de caballo, a la fuente de agua fría como nieve, para recuperar un pedacito de tiempo perdido.

La puerta de la luna

No sé quién de nosotros lo llamó así: «la puerta de la luna». Es posible que influyeran en ello los relatos de piratas, tesoros ocultos o cosa parecida, leída en cualquier libro. En todo caso, ninguno de nosotros entendía claramente este nombre, pero contenía todo un mundo secreto, aparte y absolutamente nuestro.

La puerta de la luna era un lugar, una roca, una especie de plataforma de piedra, sobresaliente en la cresta de la montaña detrás de la casa, llamada El Sestil. Aquella plataforma era capaz de contener tres o cuatro niños, cantimploras con vino, armas, algún perro ladino y cariñoso, parte de una vieja tienda de campaña y una variada sucesión de objetos más o menos preciosos e imprescindibles. La puerta de la luna, si bien era un magnífico punto de observación, permanecía oculta entre arbustos, maleza y espinos, por lo que constituía el escondite ideal de nuestra infancia. Allí íbamos cuando huíamos de algún castigo, o, simplemente, cuando queríamos estar solos. Más tarde, supe que aquel escondite fue también patrimonio y secreto de mi madre y sus hermanos, y más tarde lo fue nuevamente de mi hermana pequeña y sus amigos. Pero ninguno de nosotros ni de ellos transmitió el secreto. Cada hornada de niños lo descubrió por sí solo, y cada grupo le dio un nombre distinto.

Muchas veces, como dije, íbamos solos, uno a uno, en diferentes circunstancias y estados de ánimo. Recuerdo ahora con gran nostalgia aquella soledad, aquel permanecer sentada en la roca saliente sobre el precipicio, observando entre las hojas y los espinos de la montaña. Allá abajo, en la casa, las personas mayores eran como hormiguillas multicolores. Producía un raro cosquilleo de superioridad condescendiente, casi tierno, contemplarlas. El ir y venir de las criadas, del niño de los recados... Aquella era una soledad suntuosa, plena. A veces me echaba cara al cielo, roto entre el ramaje, donde florecían las diminutas rosas del espino. Se oía gritar muy cerca a los cuervos que anidaban en los castillos de la roca, entre murciélagos y mariposas negras. Era algo sombrío y luminoso a un tiempo. Todos los niños del mundo, creo yo, necesitan la puerta de la luna.

Cuando volví a ver aquello, todo inundado, busqué, con la mano sobre los ojos, el otro lado del pantano, el lugar maravilloso. El agua no lo había rozado. Desde la otra orilla, adiviné la plataforma de piedra, el viento entre las hojas, los gritos de los grajos y los cuervos. Lo reconocí, como se reconoce a un amigo, una fuente o un árbol. La puerta de la luna aparecía desolada, sin voces de muchachos, ni cuchicheos, ni soledad de niño que empieza a pensar y a crecer.

Sin embargo, aún tenemos la puerta de la luna. Se recupera, lo sé muy bien, en la hora de la soledad que todos buscamos durante el transcurso del día. En ese día de soledad que todos pedimos, necesitamos, en el transcurso de los meses, de los años. En la puerta de la luna los niños crecían despacio, dentro de sí. En nuestra hora de soledad, la puerta de la luna nos devuelve al niño que aún vaga dentro de nosotros, buscando inútilmente puertas y ventanas por donde escapar.

Las jaulas

Recuerdo que en el desván había una colección de jaulas. También en el cuarto de planchar, donde se apilaban en un rincón; y en el ángulo, junto a la ventana, donde colgaban mi padre y mis hermanos las escopetas, cananas, zurrones y mochilas. Había en la casa, pues, infinidad, incontable cantidad de jaulas, todas distintas, todas mohosas y viejas. Era extraño, pues en aquella casa, de todos los niños que hubo —los que vinieron antes y nosotros—, a ninguno gustó encerrar pájaros o animal alguno. Hubo en mi familia un don especial para domesticar y amaestrar pájaros: hazañas de perdices, cuervos, grajos, han desfilado de boca en boca hasta mi oído, con sus nombres y costumbres, con sus gracias particulares, sus cantos, o sus gritos. Por haber, hasta hubo en la infancia de mi madre un ciervo y un pequeño jabalí domesticados.

Las jaulas, no obstante, aparecían por doquier. Pequeñas jaulas de ruiseñor, de frágiles alambres y puertecillas de cristal; cuadradas y toscas jaulas de madera, fabricadas por los campesinos; altas y abombadas jaulas de hierro, con barrotes gruesos y argolla. Pavorosas jaulas estas, con extrañas reminiscencias medievales. Jaulas que, dentro de mí, «olían a sangre y miedo».

Emanaba una rara atracción de aquellas jaulas. En mis excursiones al desván de la abuela, también las descubrí. Llenas de polvo y telarañas, las alineé en el suelo, junto al ventanuco donde gritaban los vencejos. Las contemplé, con un tibio escalofrío de no sabía bien si placer o miedo. Era yo muy niña, tal vez de apenas siete años, pero recuerdo, como si estuviera aún ante mis ojos, aquel raro y pequeño presidio de cosas ignoradas: como la cárcel de algún misterio que yo no podía comprender.

Un día dije a mi padre: «Tráeme un pájaro vivo». Pero mi padre lo olvidó. Le dije a mi hermano mayor: «Tráeme un pájaro, para meterlo en la jaula». No me hizo caso. Un muchacho del pueblo, en cambio, me trajo un día un gorrión con una pata rota. Lo llevaba en la mano, y asomaba solo su pequeña cabeza angustiada entre los dedos sucios del niño. Abría el pico y emitía un sonido leve, un piar que era apenas un aliento diminuto.

—Se morirá si lo encierras —dijo.

Él era un dulce muchacho de campo, de esos que los otros llaman *lila*, *atrasao* y cosas parecidas. Tenía ojos negros y almendrados y unos maravillosos dientes partidos, siempre al aire entre los labios entreabiertos. Nos agachamos en el suelo y soltamos el pájaro. La hierba olía, calentada por el sol, las ortigas arañaban las manos. El pajarillo quedaba indefenso, solo entre la hierba. Le trajimos migas de pan, le acariciamos con el suave plumón de un diente de león, le llamamos los nombres más hermosos que podíamos inventar. Traje mi jaula grande, dejamos su puerta abierta, le pusimos dentro hierba, flores, un gamelloncito con agua y una galleta que encontré por algún lado. Depositamos suavemente al herido y nos fuimos.

Fue tres o cuatro días más tarde, cuando aquel muchacho vino a recordármelo:

—¿Y el gorrioncito?

Corrimos al rincón del huerto donde dejamos la jaula. Estaba vacía. Muertas las flores, seca la hierba, el agua aún espejeaba como una estrella olvidada, y las hormigas invadían el trozo de galleta. Nos quedamos mudos, mirándolo. Las hormigas me estremecían. Las odié siempre, las odio aún. Con un palito sacamos de allí el trozo de galleta, limpiamos la jaula de hierbajos y cadáveres de amapola. Siempre recordaré nuestras dos manos, la suya y la mía, oscurecidas por el sol, arañadas por las zarzas, palpando torpemente aquel vacío. Nuestras manos se metían dentro de la jaula y tocaban los barrotes, tan suave, tan tristemente.

Volví a poner la jaula entre sus compañeras. Cuando aquel muchachito murió, algunos años después, fui a su entierro, con los otros niños, como era costumbre. Y al volver a la casa había una mano allí, palpando el vacío, retirando hierba seca, flores mustias. Devolviendo a su lugar, vieja y mohosa, alguna misteriosa jaula vacía.

Muchachos crecidos

Existe un tiempo siempre malo para hombres y mujeres de cualquier condición. Es el tiempo de los muchachos crecidos. Me acuerdo de Dito, por ejemplo. Dito era como otro cualquiera, allí en el campo. Iba y venía a la escuela, perseguía gatos, amaba y martirizaba perros, montaba a pelo para llevar los caballos a beber a la fuente, pedía que le encomendaran tareas aún prohibidas. Y jugaba, jugaba siempre —¡qué bien lo recuerdo!— en la vereda de los caminos, en el río, en la polvorienta carretera a la hora mágica de la siesta, cuando los niños todos —los de la aldea y nosotros— huíamos de casa descalzos, para que nadie oyera nuestras pisadas. Dito jugaba de la mañana a la noche, jugaba cuando podía: «Madre, déjame llevar el caballo a beber», «Madre, déjame ir a cortar ramas de chopo para los conejos», «Madre, déjeme usted ir»... Porque Dito aún deseaba todo, sin desear nada; más que sus días breves, cansados, llenos de sustos y de curiosidad, de alegría desusada y de una malignidad inocente, pura, aguijoneando imprevistamente las acciones.

Sin embargo, un día, Dito creció. No se hizo hombre, ni adolescente siquiera. Solamente ocurrió aquello triste e indefinible: creció. Lo vimos —se iniciaba ya el verano— pasar por el camino de los Ermitaños, llevando cansinamente el caballo del ronzal. Le llamamos:

—¡Dito! ¡Dito!

Nos miró y alzó la mano vagamente. Entonces dejamos de llamarle. Y le vimos partir, y oíamos el chasquido de las piedras bajo las pezuñas del caballo. No sé si lo pensamos, pero lo sentimos: «Ese no vuelve».

No, Dito no volvió. Como a Dito, les había ocurrido a los demás. A todos. Y les ocurría a muchos aún. A nosotros mismos cualquier día, cualquier hora. Dito había entrado de lleno en una triste zona, donde no gustan los juegos, ni el grito de los pájaros explica nada, ni el viento, ni las ramas, ni el color de la hierba. Sin embargo, Dito no era hombre. Ya no se reirían al verle las mujeres del río, ni los hombres tolerarían sus payasadas, ocultando una sonrisa. Dito no era niño ni era hombre. Dito no iba a la escuela ni servía aún para trabajar. Sin saber cómo, la madre, el padre, le exigirían que llevara el caballo a la fuente, que trajese ramas tiernas de chopo, y le gritarían y le pegarían, y él no sentiría deseos de llevar a caballo alguno, ni de cortar las ramas. Dito desearía con amargura, con desgana, tendido a la sombra de la valla, oculto ya al trabajo, dolorido con lo que aún no le pertenecía y con todo lo que había perdido. Esa zona triste, nadie sabe si larga o si breve, era común a todos, la rozábamos ya todos los muchachos de aquel tiempo. Pero me acuerdo de Dito porque no la superó. Dito murió en seguida, imprevistamente. Tengo bien clara en la memoria su crucecilla negra emergiendo de la tierra oscura, entre cardos, ortigas y hermosas flores blancas. Sé que Dito era demasiado niño, demasiado pequeño, demasiado imbuido de aquella grande y perdida primavera, y no lo pudo soportar. Las mujeres —la madre misma— decían:

—Murió de maligna tristeza.

Y así le llamaban a un morir temprano, súbito, empapado de silencio. Como el de Dito, que —según contaban— solía levantarse sin fuerzas de la cama y mirar fijamente, sin palabras, sin llanto, sin explicación alguna, el agua del río que huía debajo de su balconcillo, entre los juncos y las flores venenosas de la orilla.

La salvaje primavera

No sé quién llamó dulce a la primavera. Recuerdo que mis hermanos y yo, y los amigos, corríamos hacia el bosque, apenas se sentía en el aire su olor peculiar, inconfundible. Llevábamos largos palos de avellano, para abrirnos paso entre las hojas, grandes como la palma de la mano. Había un camino estrecho y umbrío, bosque arriba, donde brotaba una espesa selva de maraubinas. Apretadas, altas entre las sombras, habían crecido aquellas plantas que nos llegaban al pecho y se enredaban en nuestros brazos y piernas. Las rodillas se nos mojaban, se hundían nuestros pies en el barro pastoso, y aún me parece sentir aquel vaho caliente y húmedo, luminoso y negro a un tiempo. Las hojas de las maraubinas eran de un verde rabioso. Y aún tenían pegado al dorso un frío de nieve reciente. Me gustaba acercarlas a la mejilla, como la mano de un amigo. La flor de la maraubina era una hermosa y siniestra flor de color blanco, venenosa al decir de los pastores, y tenía las puntas de los pétalos teñidos de escarlata, como dedos mojados en sangre. Gustábamos nosotros, por fanfarronería infantil, de acercárnosla a los labios y decir:

—¡Que la muerdo!

Siempre había algún pequeño que acababa gritando, y los más crecidos esperábamos secretamente, cruelmente, temiendo y deseando, con el corazón palpitante, alguna muerte extraña y súbita, gratuita y terrible, en medio de la mañana cerrada y deslumbrante del bosque. (Allí, mientras zumbaban los insectos y las abejas de oro, y se oía el río al fondo del barranco poderoso y crecido, centelleantes los escarabajos, de morado tornasol en el caparazón metálico, entre los troncos y las altas hierbas del camino.) La niñera decía que las hermosísimas maraubinas tenían un veneno misterioso, para príncipes y niños descarriados, en el centro de sus pétalos sospechosamente blancos. Relucían como estrellas en el verdiazul de las hojas gruesas, con la superficie bruñida y el envés mate, como la piel del melocotón. Alguien —campesinos, pastores, criadas: toda la gente de la tierra— nos enseñó a cantar:

Hermosa maraubina
princesa,
engáñame, tan blanca,
princesa...

No recuerdo bien cómo acababa aquella cantilena, pero sí sé que llegaba muy adentro un deseo dulce y doliente a la vez. En hilera íbamos cantándola con los hombros del amigo o del hermano emergiendo entre las hojas y los helechos gigantes. Entre el zumbido de los mosquitos y las extrañas llamadas de los pájaros, pedíamos, sin entenderlo: «Engáñame...». Un día me perdí entre las maraubinas. No sé si me perdí de verdad, pero lo cierto es que estuve tendida, cubierta y casi enterrada entre las anchas hojas, que la tierra bajo mi espalda estaba empapada de agua, que había piedrecillas clavándose en mis hombros y cintura, que tenía muy cerca de los ojos y de los labios el veneno de la maligna flor princesa, y que había un sueño en el aire espeso, en la sombra de un verde cegador. Allá arriba, a trechos, entre las hojas de las hayas, el sol parecía de oro, de oro «de verdad», como los cálices. Tardaron en hallarme y me castigaron. Luego, creyeron que estaba enferma. No sé si lo estuve, pero sí que me dio el veneno, el profundo veneno de la maraubina, zumbándome largo tiempo, como una abeja, en los oídos.

En esta primavera urbana, detrás de las tapias de los jardines, quizá brote un olor fugaz a resina, a viento y a semilla. No es esta ya la salvaje primavera. No es el veneno imposible y hermoso, que fingía enterrar tan dulce y peligrosamente, que pedía: «Engáñame».

Mentiras

Dicen que mentir es malo. Uno de los primeros horrores que se intenta inculcar en las mentes de los niños es el de la mentira. Abundan los ejemplos y terribles «sucedidos» en que se pinta a la mentira como un monstruo de cien colas, devastador y abominable. No digo que no sea cierto. Sin embargo, ¿quién podría negar que todos nos hemos refugiado alguna vez en la mentira? Hablo de la mentira en su sentido más amplio, no de la pequeña mentira necesaria, cotidiana y vergonzante, que todos cometemos siete veces al día, cuando menos. Mentiras que empiezan con la piedad, pero que terminan por destruirnos. Poco a poco, como una invasión de hormigas blancas y silenciosas, dejándonos solo la corteza igual que árboles vanos. No quiero referirme aquí a esos inevitables embustes de que todos vivimos, sino a esa grande y hermosa mentira que es tal vez la única forma de vida posible. ¿Quién desea realmente la verdad? Solamente los santos o los demonios. Los hombres, las mujeres, los muchachos, buscamos ese brillo o ese velo que también pueden llamarse esperanza. La realidad no siempre encaja con el deseo. Como máximo, se queda un peldaño más abajo.

Mi hijo miente. También yo, de niña, mentía mucho. Mentiras sin provecho, estúpidas y maravillosas, que no afectaban a nadie, ni siquiera a mí misma. Mentiras que los mayores no comprendían, ni, afortunadamente, comprendía yo. Las actuales mentiras de mi hijo no le salvan de ningún castigo, por lo general, como tampoco me salvaban a mí. Sino otra clase de mentiras, que nos conducen, podría decir —sin miedo—, por el buen camino.

Yo amaba la farsa, el teatro de Guignol, los payasos que se rompían por la mitad y tocaban músicas extrañas e inconfundibles en minúsculos violines. Amaba las caretas y mi juguete preferido —aún, si lo tuviera no le dejaría morir— fue un enorme clown, tan alto —entonces— como yo. Abrazada a mi muñeco, debajo de la mesa o las sillas del cuarto de jugar (donde existía una hermosa ciudad que no he vuelto a encontrar), me parece ahora que transcurrieron siglos de mi vida. Pero amé la mentira por vez primera, ciertos días de verano, en el campo y de labios de mi padre. Creo que era en agosto, cuando la luz de la tarde iba mediada y todo relucía.

Mi padre nos reunía para algo que nos encantaba: «Echar globos». Aquellos grandes globos de papel de seda, rosa y amarillo, azul y blanco, verde y rojo... Prendía un algodón empapado de alcohol, y mis hermanos y yo estirábamos los pliegues de la gran bolsa de papel, hasta ver que se hinchaba y se calentaba tibiamente. Con el pie apretábamos contra el suelo el aro de alambre de la base, y a una señal lo abandonábamos. El globo se elevaba entonces, y nosotros corríamos montaña arriba para verle desaparecer. Era hermoso su viaje, seguramente por insólitos mapas de nubes y viento, y creo que durante mucho tiempo viví convencida de que aquel vuelo no se detenía nunca. Luego, a la noche, ocurría tal vez lo mejor, aunque no lo sabía entonces, que no se podrá borrar de mi recuerdo. Si a nosotros nos encantaban los globos de papel, otros había que se sentían doblemente fascinados: los muchachos de la aldea, quienes, uno a uno o en grupos, un poco avergonzados y sudorosos, llegaban uno tras otro, durante la hora de la cena, y pedían ver a mi padre. Aunque estuviera comiendo, o descansando, él nunca dejó de recibirlos. Le traían los globos rotos, medio quemados, arrastrándolos como banderas vencidas, frágiles y hermosos jirones verdes, amarillos. Los muchachos aparecían en el marco de la puerta, contra el azul pálido de la noche, rodeados por la extraña y absurda farsa. Entonces, mi padre mentía. Seriamente, a conciencia, extraordinariamente. Examinaba los globos rotos y quemados, los apilaba cuidadosamente a su lado, y aseguraba que los curaría y que, al día siguiente, volverían a volar.

El camino

Se encontraban siempre con sorpresa, como se encuentra, al cabo de los años, un amigo de la infancia, alguien que nos dice: «¿Qué fue todo aquello?». Se ha doblado sin saber cómo la esquina que no parecía definitiva, especial, sino una esquina más. Y, sin embargo, era la que cerraba el primer tramo del camino que quedaba atrás, vedado por una valla que nadie puede sortear de nuevo, al que nadie regresa jamás.

Aquellos álamos, siempre reencontrados, plateados en el tiempo de su verdor, luego desnudos, tenues, con sus infinitas ramas difuminándose hacia un cielo gris y húmedo, amarillento y dorado en el atardecer: los álamos del río, como una cabalgata de soldaditos de plomo en la lejanía, que huyeron cauce arriba, hacia las montañas últimas, ¿hacia dónde iban en hilera? ¿Hacia dónde caminaban, como peregrinos de una hermosa encomienda que ya nunca podremos conocer?

Llegábamos cuando empezaba la primavera. La primavera nacía al borde del río, inundando de flores amarillas, que ingenuamente creíamos venenosas, y el agua estaba fría hasta quemar las yemas de los dedos. Aún llevábamos ropas de invierno, jerséis de lana y calcetines. Y, sin embargo, ya amanecían aquellas flores apretadas de color limón, entre los juncos de gitano. Y en los lugares donde la sombra era larga aún había vestigios de nieve. En seguida veíamos los álamos, nada más dar la vuelta al recodo de la casa, pisando el barro aún erizado de cristalillos helados. Apenas los divisábamos nos sentíamos crecidos: sabíamos que habíamos regresado, que había transcurrido un año más. Y algo se rendía en la atmósfera, como una sutil tela de araña.

Ha pasado el tiempo y han cortado los árboles. Desaparecieron los álamos del río, como los últimos soldados de un mundo perdido. El extraño y misterioso sendero que llevaban escondido entre sus raíces, aquella ruta que seguían o que dejaban tras de sí, como una estela invisible —¿cómo saberlo ahora exactamente?—, ¿dónde quedó? ¿Qué ruta era aquella, a dónde conducía?

Qué importa cuándo los talaron, qué más da si hace tres años, o dos, o tal vez solo unos meses. No podrá ya nadie verlos al borde del agua, volcando el paisaje, apuntando como lanzas mágicas hacia el país irreal y misterioso del fondo del río. Solo queda una senda polvorienta, y la cierta sensación de lo perdido la da ese polvo que ha quedado. Pienso esto mirando una fotografía, aquí, sobre la mesa. Me dijeron: «Todo ha cambiado».

Está todo muy diferente. Mira esta foto, también los álamos... Nunca pensé, hasta ahora, que nadie nos quisiera fuera de la tierra, desgajados de sus raíces, de su agua, de su extraño, inmóvil, y a un tiempo incansable, caminar vegas arriba. No los comprendo lejos de allí, aun a pesar de conocer el cercano fin del pueblo, bajo las aguas del pantano. Las ruinas de la que fue nuestra casa, el erial que sucedió a huertas, prados, choperas olorosas meciéndose al viento de la mañana, la soledad y el silencio allí donde antes hubo voces, proyectos, todo se podía entender de una u otra manera, menos esto: ¿a dónde fue, dónde quedó la invisible ruta de los álamos? Íbamos a veces, en aquel tiempo, hollando el sendero con palos, levantando el polvo rojizo de la tierra, como si inconscientemente, por entre las rutas heladas que marcábamos con nuestras varas, fuera a aparecer el dorado y deslumbrante sendero que no he podido aún desentrañar. Y me viene a la memoria aquel olor, y aquella luz, en vísperas ya de retornar al colegio, cuando buscábamos hojas caídas y doradas, por ver quién encontraba la mayor. Y también allí debajo, en la húmeda tierra de septiembre, imaginando las raíces y los ocultos arroyos de los gnomos, presentía el latido de una extraña y maravillosa ruta (acaso solo un resplandor, un instante de sol, antes de llegar la noche).

Adónde iban los álamos —ahora me doy cuenta—, tal vez sí lo sabíamos entonces. Solamente nosotros, de niños, lo podíamos conocer, desde aquel tiempo irregresable que siempre, desde el primer día pareció tiempo pasado. Porque el tiempo no fue el único culpable, ya que nos traicionamos creciendo, envejeciendo, minuto tras minuto. Y acaso, pues, todo tenga una sola explicación: necesidad de olvidar.

La selva

Acaso, como en un tiempo en que de rodillas en el suelo vaciaba mis bolsillos de piedras redondas, caracoles, cuentas de vidrio o un grillo muerto —contemplándolo todo con una extraña nostalgia o estupor: pensando, quizá, en qué podría utilizar aquello tan celosamente guardado—; acaso, como entonces, colocaré en esta hoja de papel (igual que en una losa tibia por el sol) lo que vine guardando, sin entenderlo bien, hasta la mitad del camino.

Recuerdo allí, en la piedra, la mariposa muerta, la caja misteriosa, la hoja amarillenta del calendario. Aquí, recuerdo la experiencia, el miedo o el asombro ante la oscura selva. Oscura ahora, más que entonces, al acecho de lo que ya en aquel tiempo me estremecía. (A todos los muchachos, aunque jamás le viéramos, nos aterró la palabra *lobo* y todos martirizamos sapos. El lobo era el miedo, el sapo la crueldad gratuita, la revancha injustificada.) Así, pues, ahora, a la mitad del camino, volveré la cabeza hacia atrás y hacia delante, vaciando mis bienes en el suelo: enumerando y alineando objetos viejos, rozados y pulidos por el tiempo, o aún cerrados, enigmáticos, como una pequeña caja de madera. Ya, unos y otros, han astillado o quemado el marco de madera de la puerta donde marcaron con muescas nuestro crecer, año tras año. Otros umbrales cruzaré, seguramente, en cuantos años queden. Tal vez aquí, como entonces, quedan alineadas, igual que soldaditos de plomo, las cosas pasadas y futuras. Tal vez la crueldad y el miedo (el lobo y aquel sapo despanzurrado en el camino; la imagen del campesino con la azada en alto y el brillo del sol en el metal, en su caída rápida, y el polvo. O el grito lejano —tal vez solo era el viento—, cuando decían los muchachos, palidecidos por el frío del atardecer: «¿Oís? Es el lobo...». No sé cómo se mezclaban en nosotros el lobo y el sapo; pero algo había que aniquilar, algo había que perseguir o que matar. A perseguirlo íbamos terraplén abajo, hacia la frondosidad del huerto, con palos en alto y gritando; recuerdo las piernas desnudas y oscuras de los chicos, los duros pies que levantaban el polvo). Y luego, allí escondida, arrodillada, dejaba atrás el ruido y ordenaba objetos con un renovado estupor. Como ahora: cadáveres de mariposas, cristales verdes, alguna margarita desmembrada.

Igual que siempre, como en la piedra caliente bajo el sol, vacío mis bolsillos de sorpresa, de nostalgia, de miedo o esperanza. Por si algo pudiera utilizarse en algún tiempo. Aún existe el lobo, que solo ataca hambriento; y dicen que el sapo es una criatura bienhechora y sabia. Aquel era un camino estrecho y volvíamos por él, uno detrás de otro. Nos deteníamos junto a los álamos y uno decía: «¡Cuando los álamos despiden ese olor, alguien se ha suicidado aquí...!». Sin saber cómo, nos agrupábamos, pisándonos, buscándonos las manos: mirábamos el cielo alto, las copas de los álamos, o allí donde empezaban a nacer las sombras, entre los árboles más apartados. Pero no había señales, ningún signo especial, ninguna cruz siquiera. Solo la vida, igual que ahora. Y, acaso, el viento mudo, como un frío resplandor contra la cara.

AUSTRAL

www.australeditorial.com

www.planetadelibros.com